3分で読める!
ティータイムに読むおやつの物語

『このミステリーがすごい!』編集部 編

宝島社
文庫

3分で読める！ティータイムに読むおやつの物語

Snack stories to read in a teatime

『このミステリーがすごい！』編集部 編

宝島社

3分で読める！ティータイムに読むおやつの物語［目次］

おかしなお菓子屋さん　新川帆立

何ですか刑事さん。急に訪ねてこられても困ります。

この新社屋ですか？　はあ、確かに立派ですよね。竜宝カステラの社長として、親父の最後の大仕事でしたからね。お話を？　いいですけど。何の事件ですか。

おーい、たか子、茶、もってきてくれ。刑事さんたちのぶんも。うん、それ、新茶でもらったのがあっただろ。うん、うん、ありがと。

どうぞ刑事さん。狭いところですが。あっ、座布団もどうぞ。

で、何でしたっけ。この社屋ですよね。一階が店舗で、ここが事務所。この上は家族で住んでます。

そう、一年前に親父が建てました。

親父は昔からずっと「商売人は一国一城の主なんだぞ」というのが口癖でした。亡くなる前に自前の土地を買って、自社ビルを建てることができて、嬉しかったと思います。親父の夢見た城の完成です。

費用をどうしたか、ですか。

たまたま株であたったんです。ええ、親父はもともとヤマッケのある人で、証券会社の営業マンがちょくちょく顔を出していました。自分の資金で売り買いすることもありましたけど、ほとんどが会社の金ですね。といっても、会社の営業規模からすると小さいもんです。数百万単位で買ったり売ったり。

親父はバブルのときに不動産投資に手を出して、散々痛い目をみましたからね。それでこりて、晩年はすごくおとなしくなっていました。でも攻めて攻めて攻めきることで会社を大きくした人ですから、おとなしくしていると、会社はどんどんしぼんでいくんですわ。

　タピオカだの、マリトッツォだの、わけの分からないスイーツが流行ったかと思ったら、今度は台湾カステラだと。ほんの二年ほど前まで、うちも経営が苦しかったです。

　昔ながらのカステラなんて、今どき流行らないんですよ。誠心誠意、真心を込めてつくってるんですけどね。難しいものです。

　買っていくのは企業の人ばかりですね。会食の手土産か、謝罪の菓子折りとして買うかですね。ただ最近はあの、コロナ禍でね、会食がめっきり減りましたから。謝罪の菓子折りばかりですね。紅白五本結び切りの水引きののしなし無地のかけ紙をかけてね。一度きりであってほしいときに使うかけ紙ですね。ほら、入院のお見舞いの手土産も、このかけ紙です。

　考えてみてください。くる日もくる日も、縁起の悪いお菓子をつくってるわけです。本当はね、一家団らんの場とかね、お祝いごととかに、和気あいあいと食べて、みんなに笑顔になってほしいのですけど。

うちが店を開いたのは天和二年。今から三百四十年以上前ですよ。初代店主が長崎で製法を学んだんです。戦後、関東に店を移転しましたが、長い歴史の中で培った技術は脈々と受け継がれています。

　カステラ専用の小麦粉は厳選に厳選を重ねています。卵は契約農家から毎朝直送してもらって、温度や黄味の色までチェックしてるんです。材料を丁寧に混ぜ合わせ、水あめを加えます。普通の砂糖じゃだめですよ。水あめを加えることでしっとり焼きあがるんですから。木枠に生地を流し込み、窯でじっくり焼いていきます。焼きたてのカステラの、ふわっと広がる甘い香りはたまらんですよ。あれは何度かいでも、菓子屋をやっててよかったと思いますもんね。

　そりゃもちろん、すべて手焼きしています。

　何にでも合いますよ。コーヒー、紅茶、煎茶、抹茶。牛乳と合わせてもいいです。しっとりふわふわの生地を口に入れて、その余韻を残したまま、くいっと飲みものを流し込む。私なんて、焼酎のあてにしてますからね。

　あっ、刑事さんも一切れ、いかがですか。遠慮はいらんです。

　おーい、たか子。カステラの特上のやつ。そうそう、金箔入りのほう。

　どうぞ召し上がってください。ほら、うまいでしょう？　強面の刑事さんも、うまいものを食べると、笑うんですねえ。

カステラを食べながら不機嫌なままでいられる人ってのは、そうそういませんからね。実はうちの家内にプロポーズするときもね、まずカステラを一口食べさせて、もぐもぐしているところで申し込んだんです。断りにくいでしょう？　うちのも勢いでオーケーしちゃったんだと思いますよ。

えっ、いいだろ。このくらいの話をしたって。おーい、たか子。そんなに怒らんでもいいじゃないか。

すみませんね。働きもので、私にはもったいない、良い女房なんですけど。ちょっとばかし照れ屋なんです。

えーっと、で、何の事件を調べてるんでしたっけ。

殺人とか、強盗とか、そういうのですか。

ああ、はい、株の話ですか。

親父の株の売り買い？　よく分からないですね。私は全然やらないもので。この社屋を建てたときの資金だって、親父がポンと株であてたとしか聞いていません。証券会社とか、税務署とかにも何も言われていませんから、特に問題のない取引だったんじゃないですか。

カメシロ電池(でんち)さん？

名前は聞いたことがあるかもしれないかなあ。何をされてる会社さんでしたっけ。

業務用蓄電池ですか。それは普通の電池とは違うんですか。はあ、一般のお客さんではなく、会社相手に、おっきい電池を売ってるわけですね、カメシロ電池さんは。

そういえば、ニュースで見たことがあるかもしれないです。

電池から発火の恐れがあるとかで、自主回収騒ぎになってましたね。社長が記者会見で号泣していました。あれはねえ、同じ経営者としては胸にくるものがありましたよ。さぞ辛かろうと思ったのを覚えています。

記者会見の日付？　分からないです。だってこれ、何年か前の話ですよね。

二年前の五月十四日ですか。発火の危険性について、カメシロ電池さんがお役所に報告して、それからすぐに記者会見。株価が半分近くに下がったというわけですね。

ちょっと手帳を確認させてくださいね。

ああ、私はその三日前から一週間、北海道に出張していました。白いカステラってのをね、つくろうと思いまして。他の企業さんと打ち合わせしていたんですわ。結局実現しませんでしたけどね。あ、これはオフレコでお願いしますよ。

そうだ、出張先のホテルで、あの記者会見を目にしたんだった。だんだん思い出してきました。

出張の間、親父がこちらで何をしていたのか。私は知らないです。親父は末期のすい臓がんでしたからね。入退院を繰り返していました。それでも生涯現役が信念の人でしたから、代表取締役社長の座は絶対に譲らなかったわけですが。

親父は、記者会見の前日、五月十三日にカメシロ電池さんの株を空売りしてるわけですか。いくらぶんですか？

えっ、五億円ッ？

むりむり。当時のうちに、そんなお金ないですよ。コツコツ内部留保した自己資金と、開発費名目で銀行から借り入れた資金を合わせて、やっと二億七千万円くらいですかね。うちの虎の子ですよ。五億円の株なんてとんでもない。

確かにおっしゃるとおり、親父は、空売りってのはたまにしてましたよ。私自身は株をしませんが、門前の小僧というんですか、親父が高説を垂れるのを聞かされていました。

普通は株を買ってから売るわけですけど、金融ってのは面白いもんで、その逆もできるんですよね。証券会社から株を借りて、借りた株を売っちゃう。そして決済期限までに株を買い戻して、返却する。その差額で儲（もう）けるわけです。

買ってから売るのだと、株価が上がるときにしか儲からないでしょ。でも空売りで、売ってから買うようにすれば、株価が下がっているときにも儲かるわけです。

へえ、そうなんですか。証券会社の信用があれば、自己資金より高い額の株を借りられるんですか。

でも、それってかなりリスキーですよね。見込みどおり株価が下がれば儲かるわけですが、株価が下がらなかったり、ましてや上がったりしたら、もう破産ですよ、そんなの。よほど確信がないと、そんな大勝負できませんよ。

えっ、うちの親父がそれを？　いやいやいやいや、いくら老いぼれていたとはいえ、なんでそんなことをやったんだろう。

インサイダー取引？

冗談じゃない。もしかして刑事さんたち、親父がインサイダー取引をしたと思って、その捜査でこちらにいらしたんですか。

そんなこと、絶対ないですって。

だってインサイダー取引って、公開前のすごい情報を関係者から教えてもらって、その情報にもとづいて株を売り買いして儲けるわけでしょ。

うちは一応会社をしてるとはいえ、ただのお菓子屋さんですよ。一介の菓子屋の親父に、カメシロ電池さんが会社の一大機密情報を漏らすわけないですよ。

受注帳簿ですか。分かりました。

おーい、たか子。受注帳簿もってきてくれ。二年前の、五月十二日。そう、それ。

えーとですね、あー……ありますね。「カメシロ電池、特上カステラ（金箔なし）、三十五箱。紅白五本結び切りの水引き、のしなし無地のかけ紙。明後日までに至急、用意してほしいとのこと。明後日午後三時、役員秘書ミズノさんが引き取り予定」

ははは、これはいかにも謝罪用のお菓子ですね。しかも三十五箱となると、かなりの取引先に影響の出る一大不祥事という感じがします。これを記者会見の二日前に発注してるわけですか。

もしかして、親父はこの発注を受けて、カメシロ電池さんの株を……?

この場合って、インサイダー取引になるんですか。はあ、情報を直接教えてもらったわけじゃないから、これだけではならないんですか。よかったあ。

あっ、刑事さんたち、お土産にカステラ、一箱ずつ持って帰りますか。いらないですか? そういうのはダメなんですか。でも、刑事さんたちには感謝したいくらいなんですけどね。密かに抱いていた疑問が解けましたから。

親父、急に株であてるから、おかしいなあと思ってたんですよ。ふふふ。

君に捧げる薔薇の花　佐藤青南

「ほらやっぱり！　チリンチリンアイスだ！」

従弟の悠真に手を引っ張られながら歩いていくと、そこにはアイスクリーム売りのワゴンがあった。ワゴンの隣には、頭に三角巾を巻いて白い割烹着を着た女性が立っている。女性が右手に握った棒状のものの先端には小さな鐘がついていて、公園で遊んでいた悠真は、この音に反応したのだった。

「こんにちは」

満面に笑みを浮かべた売り子さんと目が合った瞬間、私は驚いた。服装からして年配の女性だと思っていたが、近くで見るとかなり若い。大学生の私と同じくらいか、もしかしたら年下かもしれない。けれど小学校に入ったばかりの従弟にかかれば、ぜんぶ「おばちゃん」になってしまう。

「おばちゃん。チリンチリンアイス、二つちょうだい」

「こら悠真。おばちゃんじゃないでしょう」

彼女が「おばちゃん」呼ばわりされては、私の立場も危うくなる。

「気にせんでください」

売り子さんは鷹揚に笑い、「ふたーつ、ですね」と、ピースサインを作った。

ショーケースから取り出したコーンに、ヘラを使ってアイスを盛り付けていく。

「うわあ、すごい」

私は売り子さんのヘラ捌きに感嘆の声を上げた。コーンの上にほんのり黄色みがかった薔薇の花が咲いている。これが長崎名物チリンチリンアイスか。存在を知ってはいたが、実物を見るのは初めてだった。

「はい。どうぞ」

まず悠真に一つ手渡し、もう一つのコーンにアイスを盛り始める。コーンに花を咲かせる手練れの動きだ。

売り子さんがアイスを差し出してきた。

「二つで二百円です」

「そんな安いの」

悠真に言ったつもりだったが、アイスを食べるのに夢中で聞こえていないようだ。

支払いを済ませ、花びらに口をつけてみる。

「美味しい」

ほんのり卵の風味の中に、やさしい甘さがある。食感はシャリッとして、アイスとかき氷の中間といった感じ。初めて食べたのに、どこか懐かしい味だった。

「実はお祖母ちゃんがチリンチリンアイスの売り子をしていて」私は言った。

「そうだったんですか。お婆ちゃんの売り子さんも、おるとですね」

祖母は七十七歳で亡くなる直前まで、チリンチリンアイスの売り子をしていたらしい。「そんなことしなくても大丈夫なくらいには、仕送りしてるのにな。親父が死んでやることとないのかな」と、父があきれながら話していたので、本当に仕事を愛していたのだろう。

「どちらからいらしたとですか」売り子さんはそう言った後で「言葉がちょっと違うみたいですけん」と弁解口調で付け加える。

「東京です」

「東京ですか。どうりでこのへんじゃ見かけん、ハイカラな雰囲気だと思ってました」

ハイカラとはどういう意味だろう。なんとなく悪い意味ではなさそうだけど。

「華やかですもんね、東京。私も一度行ってみたいです」

うっとりと都会への憧れを語る売り子さんは、一人の若い女の子に戻っていた。

「行ったことないんですか」

「長崎から出たことないとです。東京オリンピック、観に行きたかったですけど」

「私も観たかったけど、チケットが当たりませんでした」

「東京タワーは行ったことありますか？」

「はい。東京タワーなら」

「うらやましかあ」

売り子さんのベタすぎる東京観に少し笑いそうになる。そこはせめてスカイツリーじゃないか。

悠真から袖を引っ張られた。早くも食べ終わったらしい。

「みんなにも買う(こ)ていってあげようよ」

「いいけど……」

私と悠真で持ちきれるだろうか。祖母の葬儀のため、親戚一同集まっているのだ。

「何回かに分けて持っていけばいいやろ」

「そこまでしなくても」

従弟の提案が急に面倒になってきた。ここから祖母の家まで徒歩五分もかからないし、一月なのでアイスが溶ける心配もないけど、何度も往復したくない。祖母の家は急な坂の途中に建っているのだ。

「だって普通は、こんなところにチリンチリンアイス来ないよ」

「そうなの？」

「眼鏡橋(めがねばし)のところとか、あと学校の運動会に来たりするけど、ここらへんでチリンチリンアイスば売っとるの、見たことない」

たしかに、周囲を住宅に囲まれたこのあたりは近くに観光名所もなく、それどころか人通りもほとんどない。商売に適した場所とは思えない。それなのに売り子さんはここにワゴンを止め、鐘を鳴らした。なぜだろう。

ふいに気配を感じて振り向くと、背の高い男性が近づいてくるところだった。たぶん私より少し年上で二十代半ばぐらいの、少し内気そうな目つきの人だ。

「こんにちは」

　弾(はじ)けるような売り子さんの笑顔で、私はすべてを悟った。

「一つ、ください」

「いつもありがとうございます」

　張り切ってアイスをよそう彼女の様子を見ながら、私は悠真の手を引く。

「帰ろう」

「なんで」と不服そうにされたが、二人の時間を邪魔したくない。強引にその場を離れ、祖母の家に戻った。

「おかえりなさい」

　玄関からのびた廊下の先で、喪服姿の叔母さんが座敷からひょっこり顔を出した。親戚の宴会はまだ続いているらしく、酔っ払い特有の破裂するような笑い声が聞こえてくる。

「ただいま」

「悠真の相手してくれてありがとうね」

「ぜんぜん大丈夫」むしろ酔っ払いの相手をするのに疲れていたので、悠真が外に出たがってくれて渡りに船だった。

「お母さん。チリンチリンアイスのおったよ」

悠真が外を指差しながら、叔母さんに訴える。

「あら、珍しかね。せっかくやけん、人数ぶん買うてくる？」

叔母さんが座敷の人数を数え始める。

「僕とお姉ちゃんはもう食べたけん」

「あらそう。ごめんね、悠真のぶんまでお金払わせてしもうたやろ」

財布を取り出そうとするのを、手を振って制した。

「いいよ。百円ぽっち」

叔母さんが動きを止める。

「そんな安くないやろ」

「二つで二百円」と悠真が告げても、怪訝（けげん）そうな顔のままだ。

「そんなわけない。昔は百円だったけど、いまは値上がりして……いくらやっけ」

親戚に確認した後で、声が戻ってきた。

「三百円になっとるて」

私は聞き終える前に玄関を飛び出していた。先ほどワゴンの止まっていた場所まで、坂道を全速力で駆けおりる。

売り子さんも、ワゴンも消えていた。

記憶を反芻する。

一つ百円という値段。ハイカラという意味不明の言葉。

私が生まれるずっと昔にも、東京オリンピックが開催されたのは知っている。当時はスカイツリーなど存在せず、東京タワーが象徴的な観光スポットだったはずだ。

さっきまでここにいたはずの、売り子さんの姿を思い浮かべた。はち切れんばかりの笑顔の頬を赤く染め、張り切ってコーンに薔薇の花を咲かせようとする、私と同年代の、東京に憧れる女の子。

「お祖母ちゃん……？」

だとするとチリンチリンアイスを買いに来たあの男性は……。

あの売り子さんにとって、チリンチリンアイスは想いを込めた本物の花束だったのかもしれない。

だからお祖母ちゃんは、亡くなる直前までチリンチリンアイスを売り続けたんだ。

私は空を見上げる。

「お祖母ちゃん。天国でお祖父ちゃんと仲良くね」

チリンチリンと、かすかな鐘の音が聞こえた。

交わらないミルフィーユ

伽古屋圭市

ピンポ～ン――、と部屋の呼び鈴が鳴ったとき、わたしの心臓はみっともなく跳ねた。インターホンを取らず、直接ドアを開ける。

「やっほー」

彼女は――望月沙綾は満面の笑みで手を振っていた。会うのは二年八ヵ月ぶりだが、そんな気まずさをまるで感じさせない邪気のない笑顔。

わたしも久しぶりという気はあまりしなかった。ネット上で嫌でも目にする顔だから。最近は地上波のテレビに出ることもあるらしい。でもやっぱり約三年ぶりに間近で見て、変わったなと思う。売れっ子だけが身にまとうオーラを感じる。

「久しぶり」

自分でも戸惑うほどに声に緊張が交じった。違う世界の人だと、卑屈な思いが湧き上がる。かつては親友として、この部屋で幾度となく語り合い、笑い合った仲なのに。

「ほんと久しぶりだよー」

すねるように言って、彼女は勝手知ったる我が家とばかり靴を脱いで上がり込む。

わたしと沙綾は声優の養成所で知り合い、意気投合し、ふたり同時に事務所に所属することができた。彼女との出会いは運命で、ずっとつづくものだと思っていた。

ふたりの関係に変化が生じたのはプロになって三年目、彼女が先にメインキャストの座を射止めてからだ。そのときは本当に心の底から喜び、祝福した。わたしも彼女につづくのだと力が湧いた。その後、沙綾が主役を演じたアニメは空前の大ヒット。彼女はあれよあれよという間に売れっ子声優への階段を駆け上がった。

一方でわたしは変わらずオーディションに落ちつづけ、アルバイトで生活費を稼ぎながら、たまに事務所からいただくモブの仕事をこなすだけ。四年目、五年目になるとオーディションに参加できる機会も、モブの仕事も目に見えて減ってきた。愛想よく振る舞い、事務所や、業界の人間に好かれる努力もうまくできなかった。

六年目を迎えた冬、わたしは声優の仕事に見切りをつけることにした。すでに事務所を退所し、バイトも辞め、来週には郷里の甲府に帰る。いちども日の目を見ることなく、プロとは名ばかりの無名声優のまま、ひっそり廃業する。

「引っ越しの準備でだいぶ散らかってて、ごめん」

「いつ?」

来週だと答えたものの、沙綾はなにも言わなかった。かつての定位置に躊躇なく腰を下ろすと、「じゃーん」とわざとらしい効果音をつけて紙箱を持ち上げ、国民的アニメのネコ型ロボットを真似る。

「てーみーやーげー! ——ティータイムにしよう!」

彼女が持ってきたのは干柿とバタークリームをミルフィーユ状に重ねたスイーツだった。初めて見るものながら、ごくりとのどが鳴る。

ちょうどおやつ時で小腹が減っていたこともあり、手早く紅茶を淹れたあとさっそくいただいた。女ふたり、遠慮なく大口を開けて一気に頬張る。

んんぅ！　ふたり同時に唸って、目を開いて見つめ合った。干柿は果物のようなお菓子のような不思議な味わいで、上品な甘さと、もっちりした食感がたまらない。バタークリームと驚くほど調和し、甘みとコクのハーモニーがさらなる幸福へといざなってくれる。和風とも洋風とも言えない絶妙なスイーツだ。

ふたりとも無言のまま一個目をぺろりと完食した。

まだたっぷり残っているが、さすがに連続で食べるのはもったいない。沙綾も同じ気持ちだったのか、紅茶を飲んで部屋を見回した。

「たしかに散らかってるね」小さく笑ったあと、素の表情に戻ってつぶやく。「でも、なつかしい」

ずっと連絡を取っていなかった彼女からメッセージが届いたのは、つい先日のことだった。事務所の人間からわたしの退所を聞いたようだ。

沙綾が売れはじめてから、わたしは彼女と距離を取るようになっていた。立っている場所が違いすぎてなにを話せばいいかわからなかったし、正直、嫉妬や悔しさもあったと思う。彼女と会って、そんな自分の負の感情と向き合うのも怖かった。

彼女にとってもそれがいいと思った。きらきらした世界で生きる人は、同じくきらきらした人と付き合うべきだ。実際彼女は売れっ子声優の友達も多い。ツーショット写真をSNSに上げたとたん四桁のいいねがつく世界は、わたしの居場所じゃない。

すでに別世界の住人だという思いが強く、いまさら会うのもと躊躇はしたけれど、彼女の熱量に押されるようにけっきょく来訪を受け入れた。

沙綾は二個目のミルフィーユを見せつけるように持ち上げる。

「じつはさ、どうしても二葉（ふたば）にこれを渡したくて」

「最近ハマってるの？」

「ううん、食べるのは初めて」

首をかしげた。食べたこともないのに、どうして渡したいと考えたのか。

「干柿ってさ、渋柿（しぶがき）からつくられるの知ってる？」

「あ、うん、なんか聞いたことはあるような」

「干柿ってすごいよね。元が渋柿なのに、冬空の下で乾燥させたら、こんなに甘くて、こんなにおいしくなるんだから。干柿って、甘柿（あまがき）より甘いんだって！」沙綾がまっすぐ見つめてくる。「二葉はさ、渋柿だと思うんだ。声優ではうまくいかなかったかもしれないけど、それが二葉だったんだと思う」

得心する。その蘊蓄（うんちく）を垂れるためにわざわざ干柿のミルフィーユを用意したわけだ。

これから寒々しく、つらい日々がつづくけれど、いつかきっと花開くときが来ると励まそうとしているわけだ。わたしを憐れんでいるわけだ。

沙綾が華のある甘柿なら、わたしはたしかに地味な渋柿なんだろう。でも彼女は大きな勘違いをしている。わたしはいま人生でいちばん充実しているのだ。

きっかけは昨年末にたまたまテレビで見た山岳レースだった。日本海に面した湾を出発し、北・中央・南アルプスの山々を駆け抜け、太平洋までの約四一五キロを走破する日本縦断レースだ。必要な荷物をすべて背負い、たった八日以内に。

足やひざの痛みに顔を歪める人がいる。疲労と睡眠不足で幻覚を見る人がいる。全身がぼろぼろで、それでも走りつづけようとする人がいる。優勝したところで、完走したところで、賞金や賞品が得られるわけでもない。それでも己の限界に挑み、なにかを成し遂げようとする人たちの姿を見て、なぜか涙が止まらなかった。

翌日いてもたってもいられず、衝動的に名前だけは知っていた山に行った。半ば観光地のようなコースでも息が上がり、何度も立ち止まった。でも楽しかった。

下山のとき、誰もいない場所で軽く走ってみた。苦しいのに、自然と笑みがこぼれるほど気持ちがよかった。なにかから解き放たれた気がした。山を走ってもいいんだという発見、自分にもなにかができるかもしれないという予感。

帰ってから、これを「トレイルランニング」と呼ぶのだと知った。

それから半年、ずぶずぶとトレラン沼に沈んでいくのを感じている。中学生のころからインドア派でオタク街道を邁進してきたわたしが、まさか山に熱中するとは夢にも思わなかった。次の山行計画を立てているとき、次はなにを買おうかと考えているときが楽しくてたまらない。少しずつ体力をつけ、知識を増やし、技術を磨き、道具を揃える。自分が進化している実感は、これまで感じたことのない喜びだった。

声優を辞めるのは効率よく仕事をするためだ。仕事はトレラン資金を得る手段にすぎず、内容はなんだっていい。甲府に帰るのは、いまの自宅より山に行きやすいからだ。実家に戻ればバカ高い東京の家賃を払う必要もなくなる。

東京を去るのは失意と挫折ではなく、希望と喜びに満ちたものだ。

今日は彼女の自己満足に付き合わされただけかと苛立ちを覚え、どう答えるべきかと思案したとき、沙綾はつぶやいた。

「この二年、いや、もっとになるのかな。ずっと二葉にさけられて、寂しかった」

「さけるとか、そういうのじゃなくて……」言ってから思う。さけていたのは紛れもない事実だ。「それが、お互いよかったと思うし」

「わかる、とは言えないけど、二葉の気持ちも想像できた。だから、つらかったけど、わたしも距離を取るようにした。でも、声優を辞めたらもう関係ないよね」

そう言って沙綾は持参した紙袋から大きな包みを取り出した。

「餞別。開けてみて」

言われるままに包みを剝がして出てきたのは、有名メーカーの登山靴だった。呆気に取られて沙綾を見やる。

「趣味のこと、どうして……」

山のことは彼女にはもちろん、事務所の人間にも、誰にも言っていない。

沙綾は「え？」と意外そうな顔をする。

「なんで気づかないと思ってたの？　ユーチューブで世界中に発信してるのに」

「ああ……」

声優三年目のとき、なんとか状況を打破できないかと自主的に動画配信をはじめた。しかしまるで登録者数は伸びず、心が萎えて放置していた。トレラン沼にハマったあと、この気持ちを誰かに伝えたい衝動に駆られ、休眠アカウントを利用して再び配信をはじめたのだ。おかげさまで、ささやかながらも昔より視聴者はついている。

過去の動画は消していたし、タイトルを変え、声優であることも公言していなかった。けれど同じアカウントなので、以前からの登録者であれば気づける。

「見て、くれてたの？　えっと、いまだけじゃなくて、昔から」

「当たり前じゃん！　正直、昔のやつはちょっと、あれだったけど、再開してからの二葉はほんと生き生きしてて、すごく嬉しかった。――さっきの話、その前提で話したつもりだったんだけど」

先ほどの干柿のたとえ話は「人それぞれ輝く場所が違う」と言いたかったらしい。

そっか――、と視線を餞別に落とした。たぶん四万円は下らない代物だ。

「あのさ、すごく言いにくいんだけど、サイズは合ってるんだけど、これはミドルカットの登山靴で、わたしが必要としてるのはトレランシューズなの」

「え？　違うの？」

「うん、まあ、けっこう違う」

「早く言ってよ！」

「どのタイミングで？」

顔を見合わせ、次の瞬間には弾（はじ）けるようにふたりで笑った。

そうだ。昔から沙綾は考えなしに行動したし、おっちょこちょいだった。彼女はなにも変わっていない。わたしの心の弱さが変わったように見せていただけだ。

これからは気兼ねも気後れもなく、かつてと同じように沙綾と付き合える気がした。少しばかり住む場所は離れるが、この三年の心の距離に比べれば大したことはない。

彼女の手土産を再び口に含む。

干柿とバターのコンビはやっぱり最高においしかった。わたしと沙綾は交わらないけれど重なり合う、ミルフィーユのような関係かもしれない。

父と土曜日のあんこ　柏てん

父のことを思い出そうとすると、最初に思い浮かぶのは台所に立つ後ろ姿だ。父の世代で、男が台所に立つのは珍しいと思う。

といっても、いつも父が料理を作っていたという訳ではない。我が家も例にもれず、母が家事を受け持っていた。

父が台所に立つのは決まって、土曜日の午後。それも毎週ではなく、月一、二回という程度だ。そして父が台所で何をしていたかというと、あんこを煮ていた。袋いっぱいの小豆(あずき)を買ってきて、それをたっぷりの水と砂糖で長い時間をかけじりじりと煮込んでいくのだ。

思えば、口数の少ない父だった。

あんこを煮るくらいなのだから、甘党だったのだろう。けれど太っていたかというとそんなことはなく、痩(や)せ型の長身だった。気難しい顔をして眼鏡を曇らせながら、腰を折り曲げて窮屈そうにあんこを煮ている姿はどこかユーモラスですらあった。

土曜日に半日だけの授業を終えて家に帰ると、換気扇から甘い匂いが漂ってきて私は父の在宅を知ったものだ。週休二日の仕事ではなかったから、あんこを煮る匂いが父の休日を教えてくれた。そんな貴重な休みをあんこ作りに勤(いそ)しんでいたのだから、父がどれだけ餡子(あんこ)が好きだったのかは推して知るべしだろう。

父が寸胴鍋(ずんどうなべ)で煮たあんこは、家族で一週間かかって消費した。おはぎにしたり、トーストにしたり、冬はお汁粉にしておもちを入れて楽しんだ。私にとってそのあんこが家庭の味で、市販のものとはどこか違っていた。どこが違うのか言葉ではうまく説明できない。父の作るあんこは甘すぎず、あっさりとしていた。今となっては、もう再現することも叶わない。父はレシピを残さないままに他界したからだ。

三回忌の法事のために帰郷すると、ここ数年疲れた印象だった母の顔にも明るさが戻っていた。不肖な娘だ。毎日仕事で忙しく、父の死を悲しみこそすれゆっくりと振り返る暇はなかったような気がする。仕送りこそしていたものの、余命いくばくもない父を碌に見舞うこともできなかった。その事実が、二年経った今も心に引っかかり続けている。

法要の後は、予定通り予約していた懐石料理屋に向かった。

慣れない懐石料理に箸を付けつつ、久しぶりに会った親類にお酌したり私の知らない父の思い出話に耳を傾けたりする。

父の妹の里美叔母さんは、ふっくらとしていて陽気な人だ。無口だった父とは似ても似つかず、どちらかというと私の母の方が似ているような気さえする。

遠方に嫁入りした彼女とは、小さな頃から会う機会もあまりなかった。叔母は他の親類のようにお酒を飲むでもなく、食事を楽しんでいた。特に金時豆の甘煮がお気に召したらしく、口に運ぶと零れるような笑顔になった。顔は似ていなくてもそういうところは兄妹なのだと思い、私は思わず口元が緩んでしまった。

「あら、叔母さんなにか変なことした？」

　するとそれに気づいたらしい叔母が、恥ずかしそうに箸を止めてしまった。私は慌ててそれを否定する。

「いえ、そうじゃなくて。叔母さんも甘いもの好きなんだと思って」

「やだ。わかる？　昔っから甘いものに目がなくてねぇ。鈴ちゃんも好きなの？」

　同志を見つけたとばかりに、叔母が嬉しそうな顔をする。

　私はというと、そこまで甘党というわけではない。好きか嫌いかで言えば好きだが、食べる頻度は人並みだと思う。

「そうじゃなくて、父に似てるなと思って」

　そう言うと叔母は、まるで金時豆の中に石でも混じっていたかのような顔になった。

　不安になり、思わず問いかける。

「あの、私変なこと言いましたか？」

「だって兄さん、甘いもの苦手だったでしょ？　年をとって味覚が変わったのかしらと思って」

　思いもよらない言葉に、今度はこちらが変な顔をする羽目になった。

＊＊＊

実家に戻ると、ようやく一息つくことができた。子供の頃とは違い、やはり久しぶりに親類に会うと気疲れする。それは母も同じだったようで、帰宅するとすぐにダイニングのテーブルセットに腰を下ろした。

イスの数は四脚。長らく二人暮らしだったはずだが、子供の頃からあるイスの数はそのままだ。

「お茶でも淹れるね」

私はキッチンへと向かい、急須と茶筒を引っ張り出した。折々でもらうことがあるからか、引き出しには何袋も茶葉のストックがある。母一人では消費しきれないだろうなと思うと、また少し切なくなった。

お湯を沸かしていると、休んでいたはずの母が台所に入ってくる。

「お茶が待ちきれなかったの？」

冗談めかして言うと、母はくふふと籠もった笑い声をあげた。

「あんたが自分からお茶淹れるなんて珍しいこと言うから、間違えないか見にきてあげたんじゃないの」

確かに、普段の生活で茶葉からお茶を淹れることなんて滅多にない。職場にお茶汲みの文化もないので、前回がいつだったかなんて思い出せないほどだ。

だがせっかく気を利かせたのに図星をつかれたのが面白くなくて、私はつっけんどんに言い返した。

「何言ってんの。私だって大人なんだからお茶くらい淹れられるよ」

「苦ーいお茶なんて飲ませないでよ」

そしてお茶を蒸らしている間、私はふと叔母とのやり取りを思い出し、母に聞いてみることにした。

「そういえばさ」

「んー？」

「お父さんって甘いもの好きだったよね？　いっつもあんこ煮てたし」

そう言うと、母は黙り込んでしまった。

やはりまだ父の話題を出すのは時期尚早だったかと焦り始めたところで、母は腰を折り曲げて大笑いし始めた。

「はは！　そうねぇ。はははっ、はー」

お腹（なか）を抱えて、なんとも苦しそうに笑っている。悲しみで黙り込んでしまったのかと心配していただけに、その反応は私を驚かせるのに十分だった。

果ては苦しそうに息をついて、目尻を拭っている。泣くほどに面白かったのか。

訳もわからず、私は首を傾げた。ただ思い出話をしたいだけなのに、どうしてこんなに笑われねばならないのかと。

「そうねえ。そういえば鈴はまだ小さかったもんね」

そしてこのようなことを言う。全く理解不能だ。

「一体なんなの？　そんなに笑うようなこと言った？」

思わず声が尖ってしまった。母はそんな私を笑いながらいなす。

「そうカリカリしない。ほら、二人でお茶にしましょ。お饅頭があるから」

ダイニングテーブルで向かいあい、先ほどのやり取りの訳を聞く。お茶請けは貰い物だという少し固くなったお饅頭だ。市販のそれは甘すぎて、生地どころか中のあんこまで固くなっていた。

そして母は何を思ったのか、お饅頭と一緒に持ってきたらしい古い写真を取り出した。古びた写真には、頬がぷっくりと膨らんだハムスターのようなぽっちゃりとした子供が写っていた。

子供のことはよく分からないが、これは一般に肥満児と呼ばれるレベルのような気がする。少なくとも、健康にはよくなさそうだ。

「覚えてないと思うけど、あんた小さい頃、甘いものが大好きな上に大食いなもんだから、小学校もまだなのに三十キロもあったのよ」

幼稚園児で三十キロというのがどの程度の重さなのかは分からなかったが、見せられた写真には母の言葉が真実なのだという説得力があった。今の今まで味覚は人並みの嗜好だと思っていたので、とても我が事とは思えなかった。

「あんたに甘いものを我慢させるの、そりゃあ大変だったのよ。果物よりもケーキがいいって泣くし、食べさせなきゃもっと泣くし、お菓子がないかってあちこち這いずり回って危ないし」

全く記憶にないことではあるが、あまりにも食い意地の張ったエピソードに恥ずかしくて何も言えなくなる。

「お姑さんはそれを止めてくれるどころか、あたしに隠れてお菓子あげたりしててね。父さんは忙しくてあんまり家に居ないし、本気で離婚を考えたこともあったのよ」

初めて聞く話に、私は驚くばかりだった。父方の両親は早くに亡くなったので、祖父母の記憶はおぼろげだ。この家はもともと父の実家なので、同居していた母はさぞかし肩身が狭かっただろう。

「母さん本当に頭に来ちゃってね、遅く帰ってきた父さんに怒鳴りつけたのよ。家のことも顧みないで、この子も私も殺す気か！　てね」

なんでもないことのように言うが、その時の父の驚きようは如何ばかりだっただろう。会話は少ないながらに仲のいい両親だと思っていたので、私はかなり面食らっていた。

母はぶり返したように、またしてもくふふと笑う。

「そしたらあの人ね、次の日突然小豆なんか買って帰ってきて」

「え？」

一瞬聞き間違えたかと思ったほどだ。どうして母の怒りが小豆に繋がるのか。

「あんこを自分で作れば砂糖も少なくていいって、どこかで聞きかじったみたいなのよ。自分で作るならなにもあんこじゃなくてもいいのにね」

そう言いつつも、母の顔は穏やかな笑みを湛えていた。

「でもそれで母さん、分かったの。この人も一生懸命なんだなって。そう思ったら怒る気もなくなって、もう少し様子を見ようかなって気になったのよ。そもそもそう簡単に離婚できる時代でもなかったしね」

「そんな話、全然知らなかった……」

なんとかそう返しながら、私はお茶を啜った。蒸らしすぎたお茶は苦くて、私は無性に父のあんこが食べたくなった。

目を閉じると、脳裏に父の背中が浮かんでくる。今にも台所から甘い匂いが漂ってきそうな気がした。

眼鏡を曇らせてあんこを煮るその姿には、そんな過去があったのだ。

不器用な父の愛情を感じた気がして、私は胸がいっぱいになってしまった。

貴女にささげる、大失敗ガトーショコラ　柳瀬みちる

ケーキが披露された瞬間、洋菓子店《ティ・トゥティ》内にどよめきの波が立った。

きれい、と同僚の誰かが呟く。大西茉莉も同意見だ。単純に、美しい。

鏡のような光沢を持つ、ドーム形のガトーショコラだ。黒いドームの頂点には、本物と見間違うほど精巧な、チョコ細工の白い花が載せられている。

パティシエが配って回り、皆が称賛の声とともにケーキにスプーンを入れた。

ケーキの表面を覆うのは、ダークチョコレートのコーティング。茉莉がスプーンでそっとすくいとって口に入れると、深い苦みを伝えながら、秒速で溶けて消えていく。

コーティングの下からは、まずガナッシュが顔を出す。ガナッシュとは、チョコレートに生クリームなどを混ぜて作るクリームのこと。けれど茉莉が口にしたガナッシュには、わずかに香辛料が入っている。ピリッとした刺激が甘さを引き締めていて、いくらでも食べられそうだ。

二層目は、ココアのふわふわスポンジだった。かすかに赤ワインの香りがする。奥行きのある芳香が鼻を抜ければ、甘みのハーモニーがいっそう強く響き出す。その余韻が覚めやらぬうちに、プラリネペーストの三層目がやってきた。刻みアーモンドが入っているから、ざくざくと楽しい歯ごたえで飽きることがない。

スプーンで掘り進めて、驚いた。四層目が、厚さ一センチもあるビスキュイだとは思わなかったからだ。口に含むだけでじゅわっとシロップが滲みだす、超しっとり食感が絶妙だった。五層目は、きめ細かで重厚な生地。力強いビターな味わいと同時に、頬(ほお)がとろけそうな甘みも感じた。何かと思えば、鮮やかな黄色のマンゴーだ。キューブ状のマンゴーが、宝石の鉱脈みたいに断面から顔をのぞかせる。

多種多様な味わいを、土台のビスキュイが爽やかにまとめあげてくる。柑橘(かんきつ)類の皮が混ぜ込まれているらしい。徹底的に手の込んだ、素晴らしいガトーショコラだ。

だけど……と、茉莉はきつく唇を噛(か)む。こんなケーキ、食べたくはなかった。

翌日、茉莉は仕事終わりに神田神保町(かんだじんぼうちょう)へ向かった。目指すは親友が経営する店だ。夜の十時すぎであるせいか、店内に客はいない。安心して愚痴をこぼせる。

椅子を引き、「ビール!」と声を荒らげる。すぐに「ないよ」と苦笑が返された。

十年来の親友こと緒川千晴(おがわちはる)が、カウンターを挟んでコーヒーカップを掲げる。

「ブラック派だったよね。ピクルスもつけようか」

こじんまりした造りのこの店は、千晴が昨年オープンさせた喫茶店(自称)だ。メニューのトップにカレーの名前が三種類並んでいるけれど、あくまで喫茶店だと言い張っている。そういうところは、高校の頃から変わらない。

千晴は新メニューの試作中だ。野菜を手際よく刻みながら、「大変だね」と呟く。

「茉莉のお店、凄腕(すごうで)のパティシエさんがフランスに行っちゃうんでしょ」

「まあね。でも……いや、全然大丈夫だって。あんな人、いなくても」

そうは言っても、茉莉は心細さと寂しさで押しつぶされそうだった。

茉莉の実家は《ティ・トゥティ》という洋菓子店だ。父が製菓職人(パティシエ)、母がパン職人(ブーランジェ)。けれど茉莉は、残念ながら、製菓・製パン作業に向いていなかった。でも店に関わりたかったので、裏方へ回ることにした。大学在学中にはフランスへ留学、最新のケーキデザインや製菓技術をチェックしたこともある。現在は販売のリーダーとして働きながら、休みになると有名店のケーキを買い求めては分析・研究をしている。

その分析を共に行っていたのが、若き天才パティシエの鴨井(かもい)だった。ひとつ年下の彼が丁寧に教えてくれたから、茉莉はさらにケーキ全般に詳しくなった。ケーキによく使われるナッツやベリー、クリーム類も、食べれば判別できるようになってきた。

お礼に、茉莉は鴨井にフランス語を教えた。もともと鴨井は内向的で、最初は目も合わせてくれなかった。けれどいつしか、茉莉とは笑顔で会話してくれるようになった。そんなこんなで、互いに気持ちが通じているとばかり思っていたのだが……。

「ていうか、最後の最後に失敗作を押しつけてくるとか、なんなの」

「え、失敗って」驚いた千晴が、顔を上げる。待ってましたと言わんばかりに、茉莉はテーブルを軽く叩(たた)いた。「それがさあ、ひどいんだよ」

《ティ・トゥティイ》にて、鴨井の送別会が開かれたのは、昨日のことだ。閉店後、パティシエから販売スタッフまで十名弱が集合。イートインスペースで簡単なパーティの準備をして、彼を囲んだ。鴨井は渡仏して、チョコ菓子の名店で修業するらしい。そのため、ここ何週間かは残業を控え、フランス語のレッスンに励んでいたようだ。

パーティも終盤になって、鴨井は冷蔵庫からトレイを取り出してきた。直径六、七センチほどのケーキがずらりと並んでいる。鴨井は神妙な面持ちで、「アントルメを作りました。店に来るのも今日で最後ですし、ぜひ皆さんでどうぞ」と言った。

それはチョコレートでコーティングされた、ドーム形のガトーショコラだった。名前は『モン・クール』――日本語で『私の心』という意味になる。

「チョコ以外のところを見てほしいんです。組み立ても、順序が大変でした」

不思議なコメントをぼそぼそ呟き、鴨井は皆に配り始めた。

しかしオーナーパティシエである茉莉の父が「おや」と顎をさする。少し遅れて、茉莉を含む皆も気付いた。トレイに並ぶ『モン・クール』、その中のひとつだけ、明らかに変なものがある。コーティングが中途半端なせいで、内部の層が見えてしまっているのだ。ケーキというものは、外観も味も同じぐらい大事なのに。

「鴨くん、それ、どうしちゃったの」茉莉の父が問うけれど、鴨井はうつむき、黙っている。すでにその場の全員が察していた。「ああ、またか」と。

鴨井は、たまに重大なミスをやらかす。たとえばチョコとクリームの配合比を逆にしてしまったり、焼成前にオーブンを開けっぱなしにして温度を下げてしまったり。恐らく今回は、コーティングをミスしたのに違いない。

けれど鴨井は、茉莉に向かって、例のケーキを差し出してきた。「あの、茉莉さんはこちらをどうぞ」と、盛大に視線を泳がせながら。

（よりによって、それをあたしに食べさせるの！）

鴨井への淡い想いが、今は茉莉の首を絞めるようだった。


そんな話をして、茉莉は頬杖をついた。もはや何もかもがバカバカしい。ふてくされる茉莉を、なだめるように千晴が言う。

「だけど『モン・クール』自体は美味しかったんでしょ」

「当たり前じゃん」茉莉はカバンからタブレットを取り出した。『モン・クール』の外観や断面も、きちんと写真で記録してあるのだ。千晴にそれらを見せてやる。

「わ、本当にコーティング失敗だ。……ねえ茉莉、このケーキの中身は覚えてる？」

「やっぱ興味あるんだ。千晴も料理人だもんね」

ため息とともに、茉莉はタブレットを操作する。ケーキのことは詳しく思い出したくなかったが、仕方がない。メモを表示させ、わざとらしい大声で読み上げる。

「てっぺんにチョコでできた白い花、一層目がほんのりスパイス入りのガナッシュ。スパイスが何かはわからないけど超美味しい。二層目は赤ワイン風味のスポンジ、次が刻みアーモンド入りのプラリネ。で、その下にアンビベした分厚いビスキュイが」

「……アンビベ？」

「フランス語。生地にシロップをたっぷり染み込ませて、しっとり食感にする工程だってさ」——これも鴨井に教えてもらったことだ。唇を噛んで、茉莉は話を続ける。

「一番下の層はマンゴー入り、土台にも柑橘類の皮がたっぷり入ってて」

「うーん」千晴は首を傾(かし)げた。「しっとりしてる層がその位置にあったんだ？」

「それはあたしも気になったよ。普通はもっと薄い生地でやるか、一番下にするものだろうから。けど、そんなのもう、どうでもいいよ」

「そう、かな」千晴は小さく唸(うな)り、茉莉のタブレットに目を落とす。

「あのさ、てっぺんの白い花ってなんていう種類かわかる？」

「多分ジャスミン」

「やっぱりそうだよね。ところで、ジャスミンってフランス語でどう書くんだろ」

「は？」と間の抜けた声が出る。なぜ急にフランス語の話になったのだろう。千晴の意図はわからないが、茉莉は「ジャスミンなら、J-A-S-M-I-Nかな」と答えた。

千晴は重ねて問うてくる。「じゃあ、香辛料と赤ワインはどんな綴(つづ)りになるの」

「香辛料はÉ‐P‐I‐C‐E。赤ワインはV‐I‐N‐R‐O‐U‐G‐Eだけど」

「ありがとう、さすが留学経験者だね。で、アーモンドは？」

「……A‐M‐A‐N‐D‐E。次はM‐A‐N‐G‐U‐E、最後がÉ‐C‐O‐R‐C‐E」

茉莉は今日、鴨井のことを愚痴りたかった。それなのに、ケーキについて思い出すことを強要されているようで、地味にイライラが募る。

だが千晴はあくまでもマイペースに「待って、アンビベが抜けた。どこだっけ」。

「アンビベはI‐M‐B‐I‐B‐E‐R。場所はアーモンドとマンゴーの」

言いかけて、茉莉はハッと息をのむ。

ジャスミンから順に頭文字を拾うと、「JEVAIME」。この文字列が、フランス語の文章「JE　AIME」に読めてしまった——日本語だと「好きです」だ。

まさかそんな。胸の鼓動が激しくなって、茉莉は思わず自分の腕を抱く。

「どうしてわかったの」動揺しきりの茉莉に、千晴は微笑(ほほえ)んだ。

「茉莉とパティシエさんの共通項っていったら、『分析』と『フランス語』でしょ。だから、そのふたつを使った秘密がケーキに隠されてるのかもって思ったんだ」

それで千晴はフランス語の綴りを聞いてきたのか。千晴はのんびり話を続ける。

「アンビベが変な位置に変な厚さで重ねてあったのもそうだけど、コーティングのミスも同じで、ケーキの中身に注目してほしくてわざとやったんじゃないかな」

「で、でも、その相手は、あたし以外の他の人だったかも」

「ジャスミンは和名で『茉莉花』、茉莉の名前と同じだよね。その花を『私の心』にのせたこと自体、パティシエさんが堂々と茉莉への想いを表現したように感じるよ」

茉莉は言葉に詰まり、熱い顔でうつむいた。その様子に、千晴は安堵の息を吐く。

「本当によかったね、最後の最後にミスしてない完璧なケーキがもらえて」

「うん、……」うなずいたところで、茉莉はふと気がついた。「Je aime」に混じる、謎の「V」のことだ。あれは恐らく、フランス語で「あなた」を表す「vous」を省略形にしたつもりなのだろう。『モン・クール』には「Je v'aime」という文章が隠されていたことになる。しかし残念ながら、文法上、その文字列は作れない。やはり鴨井はミスをしていた——そう悟った瞬間、いてもたってもいられなくなった。

「それで、どんなメッセージが出てきたの？」目を輝かせる千晴を差し置いて、

「……今日は帰るね。ちょっとなんていうか、用事あったから」と茉莉は席を立つ。せわしなく、カバンにタブレットなどを突っ込んでいく。鴨井に返事もしたいが、同時に彼のことが心配でもあった。二週間後の渡仏までに、どれだけフランス語の復習ができるだろうか。茉莉の頭の中では、課題のリストアップが始まっていた。

「ごめん千晴、また今度」振り向きもせずに謝って、茉莉は急いで店を出る。

親友は笑って、「お幸せに」と手を振っていた。

祝福　友井羊

誠太郎は大きくなった私のお腹を撫で、優しげに目を細めた。

「ここに俺の子供がいるなんて未だに夢みたいだ」

「夢なんかじゃないよ」

私がそう言うと、誠太郎の表情が引き締まった。父親は母親より保護者としての自覚が生まれるのが遅いとはいうけれど、きっと誠太郎にはそんな心配は不要だろう。何しろずっと自分の子供を持つことを熱望してきたのだから。

誠太郎は幸せそうに、私の膨らんだお腹を見つめている。柔和な瞳に細い眉毛、丸い鼻に薄い唇。その全てが愛おしい。子供には誠太郎に似て生まれてほしかった。

ソファに身体を預け、お腹をさする。窓から昼下がりの穏やかな風が入り込む。

身体の中に別の人間がいる。それは三十五年の人生のなかで、最も異質で不可解な体験だ。だけど赤ん坊が成長するにつれ、私は母性の存在を実感するようになった。お腹の子のためなら命を賭けてもいい。強烈な愛情が、胸の内に確かに芽生えていた。

チャイムが鳴り、誠太郎が玄関に向かう。すると妹が紙袋を手にして入ってきた。

「仕事が早く終わったから直接来ちゃった。お姉ちゃん、お土産買ってきたよ」

「ありがとう、萌音」

萌音は荷物を置き、すぐに洗面所で手洗いとうがいを済ませる。

「午前中、仕事で隣の市に行ったんだ。そこでついでに、パティスリーキタヤマに立ち寄ったの」

「おお、キタヤマのケーキか！」

誠太郎がやんちゃ坊主みたいに喜ぶ。萌音はテーブルの脇に白い箱を置いた。

「お姉ちゃん、前は洋菓子になんて興味なかったのに、急に好きになったよね」

「体質が変わったのかな。不思議だよね」

この子をお腹に宿してから、私の身体に様々な変化が訪れた。その一つが味覚で、甘い物を無性に食べたくなるのだ。

「それじゃ用意してくるね」

「俺も手伝うよ」

リビングを出て右手の戸を開けると、独立型のキッチンがある。誠太郎が立ち上がり、萌音と並んで向かっていく。二人がリビングを出てすぐ、私はソファから立ち上がる。お腹の重さのため、自分の身体を支えるだけでも一仕事だ。

足音を立てずにキッチンに向かい、ドアを少しだけ開けて隙間（すきま）から覗（のぞ）き込む。

萌音と誠太郎が談笑しながら、お皿やノンカフェインのお茶などを用意している。話題は生まれてくる小さな命についてのようだ。二人は同時に手を止め、微笑を浮かべて見つめ合う。

そして誠太郎と萌音は顔を近づけ、軽いキスを交わした。

気づかれないようリビングに戻り、ソファに身体を沈める。心は恐ろしいほどに凪いでいて、何の感情も湧いてこない。

萌音と誠太郎が戻ってくる。私は普段通りの笑顔で迎える。テーブルにお皿やフォークが並び、マグカップに注がれたお茶から湯気が立ち上っていた。

パティスリーキタヤマの白い箱を開けると、色とりどりの洋菓子が輝いていた。

「どれもアルコールや、妊婦に適さないハーブを使っていないことは確認済みだよ。お姉ちゃんから好きなものを選んでね」

「普段は萌音が先に選ぶのに、ずいぶんとＶＩＰ待遇だね」

「そんなの当たり前でしょう」

萌音はそう笑って、私のお腹に穏やかな視線を向けた。

愛嬌があって可愛らしい萌音は、昔から周囲に甘やかされてきた。無愛想で平凡な私は、何もかも正反対な妹のことを誰よりも溺愛してきた。

みんなを明るくしてくれる萌音のことが、私は本当に大好きだった。

「それじゃお言葉に甘えて、このピンクのケーキにしようかな」

「おっ、やっぱりそれを選んだか」

すぐさま誠太郎が反応する。

「そんなに美味しいんだ。人気レストランの洋菓子担当が言うなら間違いないね」

「いやいや、高校時代にみんなで食べただろう。キタヤマは俺が料理の道に進むことになった、きっかけの店だってことも前に話したはずだろう？」

私と誠太郎は高校時代、同じクラスだった。当時、共通の知り合いにスイーツが好きな男子がいて、何度かグループで遠出して色んな洋菓子店に赴いたことがあった。

「ごめん、全然覚えてない」

「まじかよ、ひどいなあ」

誠太郎が口を尖らせると、萌音がくすくすと笑った。

「相変わらずお姉ちゃんは、誠太郎さんに興味がないね」

萌音がふいに私の目を覗き込んできた。

「変な質問をするけど、お姉ちゃん今日の午前、キタヤマに立ち寄ってないよね？」

「どういうこと？」

「実はお店の入り口から、お姉ちゃんにそっくりな人が出てきたんだ。妊婦さんだったし、服装もお姉ちゃんに似ている気がして。びっくりして立ち止まると、その人はわたしとは別方向に去っていったの。追いかけるのも変だからそのまま見送ったけど、後ろ姿も完全にお姉ちゃんだったから」

不思議そうにする萌音に、私は微笑みで返す。

「私のわけがないでしょう。仕事もやめて、ずっと引きこもり生活なんだから」

「えっと、そうだよね」

私は胎児の安全のため、大学を卒業してから長年勤め続けた会社を辞めた。その話題になると、妹はいつだって気まずそうな顔になる。

「それじゃ食べようか」

フォークとナイフを手に取る。円形のパイ生地の縁に、小さなシュークリームが載せられている。見た目はまるで王冠みたいだ。その上にピンク色のクリームが絞られ、赤スグリの小さな紅色の果実があしらわれていた。

切り分けて口に入れた瞬間、ふわっと薔薇(ばら)の香りが広がった。薔薇のエキスが混ぜ込まれたシャンティクリームは気品のある味わいだった。クリーム自体はミルクの風味が感じられ、濃厚だが後に残らない。パイ生地はしっかり焼いてあり、ザクッという歯応えと芳(こう)ばしさがたまらない。赤スグリのぷちっとした食感と甘酸っぱさがアクセントになっている。赤スグリのジャムがクリームの下に仕込んであり、さらにプチシューにも薔薇のクリームがたっぷり詰まっていた。

「うん、これは美味しいなあ」

午前中にも食べたけど、やっぱり最高のケーキだ。誠太郎が味に感動し、将来の道を決めただけのことはある。

ケーキを味わった後、萌音と誠太郎が後片付けをしてくれた。今度はキッチンにいる二人を覗くことはしない。洗い物を済ませた萌音がリビングに戻ってくる。

「そろそろ帰るね」

萌音は見送りを断ろうとした。だけど少しくらいは身体を動かしたほうがいいと言い、玄関まで歩いていく。萌音はスリッパからパンプスに履き替えると、私に正面から向き合った。それから私をそっと抱きしめてきた。

「お姉ちゃんには、本当に感謝しているの」

「いいんだよ」

何度このやりとりを繰り返しただろう。身体を離した萌音の目元に涙が浮かんでいた。頬(ほお)を伝った涙を、私は指でぬぐってあげる。

「それじゃあ、またね」

萌音は小さく手を振り、誠太郎と二人で暮らす自宅へと帰っていった。

一人でリビングに戻り、ソファに腰かける。

静寂が部屋を包むなか、深くため息をついた。

萌音からパティスリーキタヤマを訪れたか質問されたときは驚いた。とっさに嘘(うそ)をついたけど、本当は昼前に訪れている。まさかニアミスしているとは気がつかなかった。何とか平静を装ったが、実際は心臓が激しく高鳴っていた。

誠太郎との出会いは高校でのことだ。私は一目で恋をしたけれど、奥手だったため何も出来ず友達止まりだった。みんなでパティスリーキタヤマを訪れ、ケーキを食べた思い出を、ひとときだって忘れたことはない。

萌音と一緒に買い物をしていた高校二年の春、街中で誠太郎と偶然出会った。その瞬間に運命は決まったらしい。惹(ひ)かれ合った萌音と誠太郎はすぐに付き合いはじめ、一度も別れることなく二十代前半で結婚した。

私は夫婦の仲を心から祝福した。その気持ちに偽りはない。だけど誠太郎への想(おも)いは消えることなく、恋情を断ち切るため仕事に没頭した。そして他の相手も見つからないまま三十代半ばになった。

誠太郎と萌音が子供を切望していることは知っていた。だけど萌音は子供ができにくい体質らしく、不妊治療を続けても新たな命を授かることはなかった。

そして昨年、萌音の子宮に重い病が見つかった。手術をすれば妊娠は不可能になる。夫婦は何度も話し合い、萌音の命を優先することに決めた。そんな萌音たちに私は一つの提案をした。

「私が代理母になるよ」

誠太郎の精子と萌音の卵子を体外受精させ、私の身体で生育する。国内では認められていないが、日本人が海外で施術をして子供を産んだ事例はある。

費用は莫大(ばくだい)だが、双方の親の援助が期待できた。萌音も誠太郎も最初は戸惑っていた。そして金銭面や母体への影響、倫理問題など悩み抜いた結果、最終的に自分たちの子供がほしいという願いを選んだ。

私たちは海外へ飛び、代理懐胎の手術を成功させた。今、私のお腹には新たな命が宿っている。着実に成長を続け、あと一ヶ月もすればこの世に生まれてくる。その子は誰よりも大切な妹と、私が心から愛した男の遺伝子を受け継いでいる。

お腹に子を宿したことで、私は心が不安定になっていたらしい。甘いものが食べたくなった私は昼前、衝動的に、誠太郎との思い出のケーキ屋を訪れてしまった。

萌音からキタヤマを訪れたか質問されたとき、素直に行ったと答えればよかったのだ。だけど私は誠太郎に興味のない、ただの義姉でいなくてはならない。恋心を気づかれるなんてことは、絶対にあってはならないのだ。

お腹をさすると、ふいに胎動を感じた。その瞬間、両目から涙が溢(あふ)れた。自分でもなぜ泣いているのか理解できないけれど、ぽたぽたとお腹の上に涙が降り注いでいく。どうか健やかに生まれてきますように。そう祈りながら、私は膨らんだお腹を包み込むように抱きしめた。

記憶のスコーン　梶永正史

八重子（やえこ）ばあちゃん、在宅介護に切り替えるよ——遠野歩（とおのあゆむ）のもとに、故郷の母からそんなメールが届いたのは、一年前のことだった。

八重子ばあちゃんは母方の祖母で、もう九十をいくらか越えていた。女手ひとつで母を育てながら戦後を逞（たくま）しく生き抜いた。快活で負けん気の強いひとだったが、ターミナルケアのために特養に入ったと聞いていた。

遠野の実家は山口県の片田舎で寄り道できるような娯楽施設はなかったから、学生の頃は授業が終わればさっさと帰り、共働きの両親の代わりにばあちゃんと過ごした。最近は足が遠のいていたが、ちゃんと会っておきたい。遠野は有給休暇を無理やりねじこみ、数年ぶりに帰省することにした。

実家に戻ると、ばあちゃんは縁側にいた。籐（とう）でできたカウチソファーに座り、お気に入りの庭を眺めていた。

おい、歩。帰っちょったんか。

いつもはそう出迎えてくれるが、いまはぼんやりと外を見続けていた。

「はっきりすることもあるんじゃけど、ふだんはこんな感じっちゃね」母が茶をテーブルに置いた。「食欲はあるんじゃけど」

遠野は腰を下ろし、茶をすする。母親もしばらく見ないうちに小さくなった。

母はばあちゃんの横顔を見た。

「この前ね、スコーンを食べたいって言うたんよ」

「スコーン……そういえば、よく作ってくれたなあ」

遠野がまだ子供の頃、帰宅すると、おやつとしてスコーンを焼いてくれることがあったが、なぜスコーンだったのか。いま考えると不思議だ。

「あれね、お父さんが教えたんて。出兵して、右手の指を失う怪我をして復員してきたけど、仲良くなった捕虜のイギリス人に作り方を教えてもろうたんじゃって」

捕虜と仲良くなるものなのかと思ったが、そう言っているからそうなのだろう。

「当時は食べ物の統制が厳しくなり始めちょったけど、なんとか材料を揃えられたみたい。兵隊さんは優遇されていたみたいだから。それでスコーンを作ってあげたんて」

母の表情が曇る。

「じゃけど戦争末期にまた徴兵されて、フィリピンに輸送船で向かっている途中で沈められたって……。夫婦として過ごせたのはほんの少しじゃったって。私が生まれたら指がなくても子は抱けるっちゅうて楽しみにしちょったらしいんじゃけど……」

ばあちゃんは、どういう気持ちでスコーンを焼いてくれていたのだろうか。

「それで、スコーンは食べさせてあげたん？」

「そこのスーパーにパン屋が入っちょるじゃろ？　あそこのを買ったんよ。じゃけど違うって言うほいね」

「たぶん……お父さんの作ってくれたスコーンの味と違うんじゃと思う」

母も何度か作ってみたそうだが、やはり違うと言われたらしい。

しかし、なぜスコーンなんだろう。硬いしパサパサしているから食べ辛そうだ。

「まあ、食べるっていうよりも、思い出に浸りたいんじゃろうね」

母はそう言って立ち上がった。

相変わらず、ぼんやりと外を見ているばあちゃんの横に立ち、遠野は並んで庭を眺める。これから夏を迎えるところで、生命力に満ちあふれていた。夏はスイカ、秋にはザクロやナツメの実が生り、おやつ代わりだったことを懐かしく思った。

「おや。歩、帰っちょったんかね」

出し抜けに声をかけられて驚く。ばあちゃんは、まっすぐに遠野を見ていた。

「ただいま、ばあちゃん。元気じゃった？」

「元気もなんも、このザマじゃあや」

かかか、と笑う顔は、昔と変わらないように見えた。

なんともいえない懐かしさの中にあって、しかし次の言葉が出てこない。そうこうしているうち、雲の流れが速い空のように、ばあちゃんの顔がふっと曇った。

「あんた、誰じゃあ？」

突然〝祖母によく似た人〟に変わってしまったことに、遠野は戸惑ってしまう。

「歩じゃ、帰ってきたんよ」

「歩？　歩は学校に行っちょるほで」

なすすべもなく月の裏側に来てしまったかのような気持ちだった。

「そうか、そうだよね」

「ほんで、誰じゃあ？」

遠野は困ってしまい「スコーンを焼きに来たんよ」と慌てて言った。

「ああ、スコーンかね。そりゃ楽しみじゃのう」

そしてまた庭に顔を向けて、目を細めた。

遠野は家を飛び出すと、近所のスーパーに駆け込み、スマートフォンでスコーンのレシピを検索した。調理はあまりしない人間だが、レシピがあるならその通りにやればいいだけだ、と理系の遠野は思う。レシピは言うなればマニュアルだ、確固たる答えがある。

実際、自分でも驚くほど良くできた。見た目は紛（まが）うことなきスコーンであり、食べてみてもほんのり甘くて美味（うま）い。

そのスコーンの香りのせいか、声をかける前にばあちゃんはこちらを向いた。

「スコーン食べるかね？」

するとばあちゃんはするすると枯れ木のような腕を伸ばしてスコーンをひとつ摘まみ上げた。かつてビンタされたこともあるほど力強かったその手は、いまは小枝のさった枯れ葉のようだったが、それでもきれいにスコーンを裂いた。

ひとくち食べる。そのまま無言になった。やがてポツリと言った。

「違うわあね」

そして庭にポイッと捨てた。待っていたかのように雀が群がる。

喜んでくれなかったのが残念というよりも、その悲しげな声に胸が締め付けられた。

そういえば……と子供の頃の記憶を辿る。ばあちゃんはいつも焼き上がったスコーンをひとかじりすると、まるで陶芸家が自分の作品に満足しなかったときのように首をかしげ、残りを皿に盛ってテーブルにつく遠野の前に置いてくれた。

そうか、ばあちゃんはじいちゃんのスコーンの味を再現しようとしていたんだ。ならば、なんとかそれを食べさせてあげたいと思った。

ネット上にあるスコーンのレシピは基本的にはどれも同じだ。あえていうなら、三角形に近いアメリカンスコーンもあるが、じいちゃんはイギリス人捕虜から教わったと言っていたから正統派のイングリッシュスコーンだろう。もし材料の質にそれほど大きな差がないとしたら、ほかになにを変えればいいのか。シンプルなものだけに考えが出てこない。

それから材料がある限り四種ほど作ってみたが、ばあちゃんはどれも首をかしげ、それらは雀の餌になった。

——有給休暇最後の日。

ばあちゃんを車いすに乗せ、思い出深いところを散歩した。ここ数日、遠野を認識することもあったが、その時間も少なくなってきている。明日には完全に忘れてしまうのではないか。そんな気すらした。

帰京の準備を終えた遠野は、ばあちゃんと並んで庭を眺めていた。

何気なくスマートフォンを開くと、スコーンのレシピが履歴に表示されていた。そこでふとある文が目に留まる。

『スコーンは几帳面なひとよりもがさつなひとが作ったほうが美味しい』

そんなわけあるかと読み飛ばしていた記事で、バターはブロックのままだったり、混ぜ方にもムラがあったりしたほうが美味しいというものだった。

そこでハッとする。

じいちゃんは右手の指をほとんど失っていたから、利き手ではない左手で作ったはずだ。当時は電子オーブンもなければ冷蔵庫もない。混ぜるときの力加減もなにもかもが曖昧だったろう。

遠野はふたたびスーパーに走ると、材料を買い、最後のスコーンを作り始めた。

右手は使わず材料の配合も目分量。出来上がったのはなんとも不細工なものだった。火力が強すぎたのか、外は若干焦げ気味なのに中は生焼けに近い。乱雑に入れたバターは生地に混ざりきっておらずムラがある。

しかし……ひとくち食べてみると、これはこれで美味かった。生地はきれいなミルフィーユ状になっていないがその分隙間（すきま）があってふんわりとした食感だった。

「ばあちゃん、俺、そろそろ行くけえ、最後にこれ食べてえや」

またするすると腕が伸びてきてスコーンをひとつ摘まんだ。半分に割って、ひとくち食べる。遠野は「やっぱり違うわあ」以外の言葉を待ったが、ばあちゃんは無言で首をかしげた。すぐに違うと言われないだけでもよかったとすべきか。

バッグを手に立ち上がると、最後にひと目と、ばあちゃんを見る。すると手にしていたスコーンがない。また雀の餌にしたのかと思ったが、遠野に手を伸ばしてきた。

「えっ、スコーン？　スコーン食べたいの？」

あとふたつ残っていた皿ごとばあちゃんに差し出す。ばあちゃんはもそもそとスコーンを食べ、そして涙を流し始めた。

なにかを呟（つぶや）いたので耳を近づけ、そして息を呑んだ。「あなた、あなた」と何度もくり返していたのだ。

遠野はばあちゃんの横で膝立ちしたまま俯（うつむ）き、たとえようのない感情になっていた。

ばあちゃんの声に顔を上げる。

「わし……自分じゃなくなっていくのがわかるけえ。じゃけど、あのひとのことを忘れたまま死んだらあの世であの人と会っても気づかんけえ……って思うちょった。でも思い出せた。これでええ。あんひとに会える」

それから美味しい、と絞り出すように言った。

「ありがとうなあ、歩。もう行くんじゃろ」

「うん……そろそろ」

気づけば遠野の頬にも涙が流れていた。

「東京は気をつけえや。じゃけど行くからには頑張れ。倒れるときは前のめりじゃ」

それは高校を卒業し、上京するときにかけてもらった言葉だった。

「ああ、頑張るけえ。ばあちゃんも元気でね」

ばあちゃんは微笑んで、最後のスコーンを手に取った。

ばあちゃんとはそれが最後だった。帰京した次の月に、じいちゃんのところに行った。あちらで、二人はちゃんと出会えただろう。生前は夫婦として過ごせたのは僅かな時間だったから、今度はゆっくりしてほしい。

あれから一年。遠野が手を合わせる仏壇には、スコーンが供えられている。

肝油ドロップとオブラート　塔山郁

もしもし――。

……ああ、兄貴、久しぶり。夜遅くに電話して悪かった。

……こっちは元気でやっている。体調を崩して、仕事は休んでいるけど、病院でもらった薬のお陰でなんとか無事に過ごしている。

……ははは。酒もギャンブルももうやめたよ。今は健康的な生活を送っている。することがなくて毎日退屈だ。そのせいか、昔のことをよく思い出す。それで兄貴に訊きたいことがあって、こんな時間に電話をかけたんだ。

……いや、たいしたことじゃない。昔の思い出の確認だ。

兄貴は肝油ドロップって覚えているかい。

……そう。子供の頃に食べたお菓子だよ。

通っていた幼稚園で毎朝一粒食べさせられた。五十年以上も前のことなのに、噛んだ時のぐにゃりとした食感や、口の中に広がる甘みは今でも鮮明に覚えている。母さんが厳しくて、甘いお菓子を簡単に食べさせてもらえなかったせいかもしれないな。

肝油というのは、魚の肝臓から抽出した脂肪分で、栄養が豊富だから、当時はあちこちの幼稚園や小学校で子供に与えられていたらしい。そういう意味では、お菓子ではなく栄養食品ということになるのかな。だから家にも肝油ドロップの入った大きな缶があって、幼稚園が休みの日には、そこから一粒もらって食べていた。

俺が訊きたいのは、それに関連することなんだ。

母さんの留守中、肝油ドロップを盗み食いして、それが後からバレて、ひどく怒られたことを覚えているかい。

親戚が入院したとかで、母さんが外出して、二人で留守番した時の話だよ。あれは夏休みだったのかな。母さんがいないのをいいことに、俺たちは探検ごっこと称して家中を引っ掻きまわした。その最中に、肝油ドロップをしまってある戸棚に鍵がかかっていないことに気づいたんだ。慌てて出かけたせいで母さんがかけ忘れたんだろうな。それが俺たちの悪戯心を掻き立てた。肝油ドロップの大きな缶には五百粒入りと書いてあって、中身はまだたくさん残っていた。だから少しくらい減ってもわからないと思ったんだ。

しかし問題があった。『肝油ドロップをたくさん食べると口のまわりが赤くなる。勝手に食べたらすぐにわかる』と俺たちは母さんに言われていたんだよ。

……ああ、もちろんそんなことはない。あれは、俺たちが肝油ドロップを盗み食いしないようにと母さんが考えた嘘だった。

今となれば母さんが嘘をついた理由も理解できる。肝油ドロップにはビタミンAとビタミンDが含まれている。どちらも脂溶性で、摂った分だけ体に蓄えられていく。だから食べすぎると下痢や腹痛、嘔吐などの症状が出ることがある。それを避けるために母さんはあんな嘘をついて、わざわざ戸棚に鍵をかけていたというわけだ。

……そういうことにはくわしくなったよ。本を読んだり、知り合いの薬剤師に話を聞いたりしている。あちこち体を悪くしているから勉強しているんだ。

話を戻すぞ。だから俺たちは、肝油ドロップを盗み食いするためにはどうすればいいかを考えた。といっても子供の考えることだから内容も高が知れている。『肝油ドロップを直接口の中に入れなければいいんじゃないか』と俺が言うと、『それならオブラートを巻いて食べよう』と兄貴が言った。

今になってみれば、なんだそれはと呆れるような話だが、子供には子供なりの理屈があるわけだ。そういう飴が他にあったんだ。友達からもらったボンタン飴や寒天ゼリーに薄いオブラートが巻いてあって、そのまま口に入れて食べるようになっていた。俺たちはそれを思い出して、オブラートに包んで食べれば大丈夫だろうと考えた。

……うん。あれは失敗だった。俺たちは幼稚園児だったから、ボンタン飴や寒天ゼリーに巻いてあるのは食品用のオブラートで、薬用のオブラートとは違うものだということがわからなかった。家にあったのは粉薬を飲む時に使う丸いオブラートで、肝油ドロップを包んで食べようとしても、口の中に貼りついたり、ガサガサして咽喉につかえそうになる。だからそれぞれ十個以上肝油ドロップを食べたのに、まるで食べた気がしなかった。

まあ、子供の頃の盗み食いなんて、得てしてそんなものかもしれないけどな。

それでも俺たちは二人だけの秘密をもったことに満足して、母さんにバレないように元あった通りに後片付けをした。『母さんに訊かれても、盗み食いなんかしてないと言い張るんだぞ』と兄貴が言って、『わかった』と俺は大きく頷いた。

……ああ、そうだな。すぐには母さんも気づかなかった。

だけど数ヶ月して、寒くなった頃に、何故かそれがバレたんだ。俺たちは一人ずつ母さんの部屋に呼ばれて怒られた。しばらくの間、肝油ドロップはもちろん他のお菓子を食べることも禁止された。まさに踏んだり蹴ったりの結果になったわけだが、兄貴に訊きたいのはそこなんだ。

どうして盗み食いがバレたんだろう？

肝油ドロップは缶の中にまだたくさんあった。母さんだっていちいち数を数えていたわけじゃない。食べた後は元あった場所に戻したし、俺たちが腹痛や下痢を起こしたわけでもない。でも母さんは気がついた。しかもすぐではなくて、数ヶ月後に。

兄貴と俺は別々に呼ばれて、みっちり叱られたよな。その時に、『どうしてわかったの』と俺は母さんに訊いたんだ。母さんは、『見ればわかる』とだけ言った。

その時は、母さんはすごい、隠し事をしてもすぐにわかるんだって単純に驚いたけど、後になってみると不思議な気がしてさ。

母さんが気づいたのには何か理由があるはずなんだ。それを知りたいけれど、母さんはもうこの世にいない。それで兄貴に訊いてみようと思ったというわけだ。

あらためて訊くけど、兄貴はその答えを知っているのかい。

……そうか。知っていたんだな。なら理由を教えてくれよ。どうして母さんは気づいたんだ？

……えっ？

……話の中に答えがあるってどういうことだよ。まるで意味がわからない。自慢じゃないが俺は頭が悪いんだ。もったいぶらずに教えてくれよ。

……ダメなら、せめてヒントをくれよ。

……オブラート？　それがヒントか。ふーん。やっぱりな。

……いや、なんでもないよ。こっちの話。ちなみに俺はオブラートが嫌いだったんだ。粉薬を飲む時にオブラートで包んで、そのまま飲み込むのが苦手だったんだ。ガサガサして食感が悪いし、口の中で溶けて薬が出てきそうで、慌てて水を飲まないといけないのも嫌だった。だから肝油ドロップをオブラートで包んで食べるという兄貴の案に、本当は反対だったんだ。まあ、今さら言っても仕方ないけどな。

そうだ。大事なことがあった。兄貴はオブラートの正しい使い方を知っているかい。あれは直接口に入れて飲み込むものじゃない。まず水が入ったコップを用意して、薬を包んだオブラートをその中に入れるんだ。水につけるとオブラートはゼリー状になる。スプーンを使ってすくい上げ、そのまま口に入れると、スルッと飲み込めるってことらしい。

……嘘じゃないよ。それが正しい使い方だって、知り合いの薬剤師に聞いたんだ。職場の後輩に薬剤師の女性に片想(かたおも)いしている若い男がいるんだよ。その関係で何度か一緒に酒を飲んだことがあるんだけど、その席で聞いた話だから間違いない。

……また話が脱線したな。肝油ドロップの盗み食いがどうしてバレたかって話だった。もういいだろう。そろそろ答えを教えてくれよ。

……なるほどな。

俺たちは肝油ドロップの缶については気を使ったけど、オブラートについては意識しなかった。肝油ドロップ一粒につき一枚のオブラートを使えば、最低でも二十枚のオブラートがなくなる計算だ。オブラートなんて滅多に使うことがないのに、それだけ数が減っていれば母さんは不思議に思うことだろう。それがきっかけでバレたということか。やっぱりそうか。

……ああ、実は気づいていた。といっても、自分で気づいたわけじゃない。そうじゃないかって推理した人がいるんだよ。さっき言った薬剤師の女性だ。毒島(ぶすじま)さんっていうんだけど、酒の席で俺がその話をして、どうしてバレたのか不思議だと言ったら、こうじゃないかと推理したんだよ。

　肝油ドロップを盗み食いしたのは夏休み。俺たちがきちんと缶を戻したせいで、母さんはそれには気づかなかった。しかし寒い時季になり、風邪に備えて母さんが薬箱の中を見ると、滅多に使わないオブラートが少なくなっている。その時点で母さんも肝油ドロップと関連づけてはいなかったはずだ。もしかして自分の知らないところで粉薬を飲んだのかと思って、年長者である兄貴を問いただした。

　そこで慌てたのは兄貴だ。盗み食いから数ヶ月が経って、すっかりそのことを忘れていた。いきなりオブラートのことを訊かれてしどろもどろになった。当然母さんはその様子を怪しく思う。母さんに厳しく追及されて、兄貴は本当のことを言ってしまった。真実を知った母さんは烈火のごとく怒っただろう。兄貴はひたすら謝りながらも、自分が喋ったことは俺に言わないでくれと頼み込んだ。自分から言い出した約束を自分が破ったら俺に合わせる顔がないと思ったせいだ。

　母さんもそこは理解して、兄貴が白状したことは俺に言わなかった。兄貴も俺に本当のことを言わず、それで俺だけ蚊帳の外に置かれた状況ができたというわけだ。

　……それが正解かい。

　やっぱり毒島さんはすごいな。母さんが肝油ドロップの缶を鍵のかかった戸棚にしまって、盗み食いしないようにと嘘までついて俺たちを脅かしていたという話から、子供の健康管理に熱心で厳しい性格だろうと考えて、そう推理したんだから。

……ははは。怒ってなんかないさ。子供の頃の話だし、母さんが本気で怒ったらどれだけ恐いかは俺だって知っているからね。長年の謎が解けてすっきりしたよ。それにそんな思い出があったお陰で、オブラートの正しい使い方もわかったわけだし。

……何言っているんだ。オブラートを使うのは子供だけじゃないぞ。年をとれば咽喉の筋肉が衰えて、飲み込む力が弱くなってくる。高齢者こそ、オブラートの正しい使い方を知っておくべきなんだ。

俺たちは二人きりの兄弟で、それぞれ独り者。このまま年をとれば、お互いの介護をする必要があるかもしれない。その時のためにも、薬を飲む時の正しい知識を覚えておいて損はないって話だよ。

そうそう。肝油ドロップは今も売っているんだよ。ネットで検索したらオンライン販売をしていた。懐かしくて、買ってみようと思っているんだけど、兄貴もいるかい？

……わかった。じゃあ、買っておくよ。

次に会った時、子供時代の思い出話をしながら一緒に食べよう。

もちろんオブラートなしで、年齢に応じた適量をね。

おひとりさまのアフターヌーン・ティー　喜多南

おひとりさま、ご案内します。

ウエイターにそう言われてしまった時、絶望で目の前が真っ暗になった。

席に座ると、やがてタワーのようにそびえたつ三段重ねのティースタンドが出てきて、更にめまいが。

アフタヌーン・ティーはイギリス貴族たちの習慣だったそうだ。応接間で客をもてなす際、裕福さを誇示するために豪華な家具や絵画で飾りたて、テーブルもデザイン性重視で小さいサイズが好まれた。そこで小さなテーブルに一度にたくさんのティーフードを置ける、三段重ねのスタンドが登場したのだとか。

由緒ある三段重ね。華やかに盛られた軽食やスイーツの数々が恨めしくなる。

私が来ているのは、有名ホテル最上階のレストランフロア。大きな窓から昼下がりのあたたかな陽光が差し込んで、眺めは壮観だ。

並ぶテーブル席にはたくさんの客たちが座っているけれど、騒がしさは一切なく、どこか秘密めいた時間が流れている。

みんな、貴族にでもなった気分で、優雅なひとときに浸っているのだろう。

私も雑誌やネットで見かけては、ワンランク上の空気を感じて憧れていた。

けれど、いざこの場に初めて来てみて、不幸のどん底にいる気分になった。

人生のおひとりさまになった事実を、まざまざと突きつけられているようで。

＊

ともあれ手をつけていくしかない。

まずは一番下の段。私はサンドイッチを手に取って、かぶりついた。

心地よい音とともに焼き目のついたパン生地がかすかに舞って、香ばしく鼻の奥をくすぐった。ミニサイズのサンドイッチのどこにこんなに秘められていたのか、濃厚なたまごのサラダが口の中一杯に押し寄せてくる。

咀嚼（そしやく）すると、爽やかな歯ごたえがあった。刻んだきゅうりが混ぜ込まれていて、たまごの味わいが単調にならず、一口の印象が重厚になる。

きっと、私が食べてきた中で例を見ないほどに美味（おい）しいたまごサンドなのだろう。手を通じて感じる温度からも、直前まで丁寧に調理されたであろうことが想像できる。

けれど私は、口に含んだたまごサンドを満足に味わうこともせず、手元の熱い紅茶で喉の奥に流し込んだ。

舌には『みらい』という味を感じる器官があるらしい。

サンドイッチも紅茶も、きっとそのほとんどが私の『みらい』には触れていない。

一刻も早く、惨めなこの時間を終わらせてしまいたい。ただその一心だった。

＊

結婚して五年。

私は夫の実家で、義父母と同居していた。在宅ワークの私が家事と、足の悪い義父の介護を引き受けた。仕事の忙しい夫より、義父母と多くの時間を過ごした。介護、在宅ワーク、食事。ずっと同じ日々のルーティーン。

食事が味気なく感じるようになったのは、いつからだろう。

たまには外でという私の要望で、結婚記念日に、夫と高級ホテルのアフターヌーン・ティーを予約した。

けれど、数週間前に夫の浮気が発覚し、あろうことか彼は逃走。義父母には、夫の浮気は私のせいだと責められ、私が家を追い出されてしまった。

私の元に残ったのは、アフタヌーン・ティーの予約だけ。

キャンセルせずにここに来たのは、もしかしていまだ行方が知れない夫もここに来てくれるかも、なんていうあまりにバカみたいな期待のせい。

客が歓談しているテーブル席を、いまいちど見渡してしまう。

いないことは、もうわかっているのに。

奥の席に一組だけ、私と同じおひとりさまの女性がいることに気づく。彼女はスイーツやサンドイッチをテーブル一杯に広げ、テイスティングするように少しずつ口に運んでいた。

そのおひとりさまの女性は、鼻歌でも歌っていそうな調子で、料理を口に含んでは至福の笑みを浮かべている。

見ているだけで顔が熱くなるが、羨ましくもある。おひとりさまの彼女より美味しそうに食べている人は見当たらない。

その笑顔が小学校の頃の先生に似ているなと感じた。給食の時、誰よりも美味しそうに食べていたっけ。ずいぶん古い記憶だけれど、私にとっての恩師だ。

彼女は恩師本人ではないけれど、味方ができた気がして、なんだか勇気をもらえた。つらい時間だと思っていたけれど、楽しんだ者勝ちなのは間違いない。

私は彼女を少しでも見習おうと、次の料理に手をつけはじめた。

＊

中段には金属の覆い――クロッシュが、かぶさっていた。皿ごと手元に寄せると、仄(ほの)かな暖気とともに、プレーンなスコーンが姿をあらわした。

大げさな覆いの割には、小ぶりな焼き菓子だ。けれど、気づけば口の中の唾液が増えていた。不覚。子供の頃に食べたスコーンの甘い思い出が、私の中に強く根付いているのかもしれない。

色の違うソースが三種添えられている。空気を含みふわりとした白いクロテッドクリームに、鮮やかな薔薇(ばら)色のジャム、そしてチョコソース。

まずは定番のこれを食べるべきだろう。クロテッドクリーム。軽くちぎったスコーンをディップしてから、そっとかじった。

覚えたのは、良い意味の驚きだった。スコーンといえば、シンプルな味の焼き菓子のイメージだが、クロテッドクリームから押し寄せるミルクのコクが、ほんのりした塩気とほどよく混ざり合い、優しい甘さに仕上がっている。

「……おいしい」

ひとりにもかかわらず思わず呟(つぶや)いて、味を感じている自分自身にも驚いていた。

酸味のあるジャムは、食後をさっぱりさせたいから、最後にとっておこう。次はチョコソースだ。わくわくしていた。ディップしてから、口に入れる。

最初の印象は、苦みだった。チョコソースがビターなのだ。しかしその後、鼻の奥に抜けるカカオの風味が、私の心を安らがせた。やがて苦みはスコーンの甘さになじんでいき、贅沢(ぜいたく)な味わいに感じる。口当たりこそやや重たいが、それが本格的なチョコソースの魅力なのだろう。ジャムを最後にして正解だった。

しばらくゆっくりと紅茶で口を潤してから、ジャムに手を伸ばした。

ジャムの酸味は、私の中に爽やかな風を吹き込むかのようだ。スコーンとも王道の相性の良さだ。たっぷりの果肉が入っていて、他のソースと比べると、食感にも新しさがある。恐らくすべてがパティシエの計算なのだろう。あっという間に、スコーンはなくなっていた。

*

私はテーブルの上に置かれたばかりの、フルーティーな香りが漂うダージリンのカップを持ち上げる。ふわりとした芳香に、今までにない豊かな心を抱いた。

それぞれの味わいに、これほど深く感じ入ったことはあっただろうか。

おひとりさまになって、私はようやく美味しく食事できている。

小学生の頃、人見知りでなかなかクラスに馴染めず、ひとりになることが多かった私に、恩師が言葉をかけてくれたことがある。

――新しいところって、怖いよね。でも、知らないって素敵なことなんだよ。目の前の『素敵』にほんの少し手を伸ばしてみて？　それはあなたの人生が変わる魔法でもあるんだから。

見方を変えてみたら、世界が一気に色鮮やかになった気がして、自然と深呼吸をしていた。

奥にいるおひとりさまは、スコーンのおかわりを頼んでいた。

＊

残っているのは、最上段のスイーツ。

とりどりのパステルカラーだ。食べ物とは思えないほど可愛らしくて、見ているだけで心がくすぐられる。並んでいるのは、右から順に、レモンのパウンドケーキ、ベリージュレとヨーグルトプリン、ラズベリーのマカロンだ。

どれから食べていこう。どれもが違う個性を持っているのは一目瞭然だ。それぞれの味わいが、今から楽しみで仕方がなかった。

もう、丁寧に選んでなどいられない。好みから順番に一口ずつ食べていこう。まずはレモンのパウンドケーキからだ。

ナイフを使って薄くスライスして、口に運んだ。軽やかな食感と、レモンの清涼な香りが、ふわりと広がる。その後にやってくるレモンの酸味は、爽快感をもたらしてくれた。

次に、ベリージュレの入ったヨーグルトプリン。ヨーグルトプリンは、絹を溶かしたような滑らかさ。酸味の合間合間に、ジュレの甘みが口の中をくすぐってくれる。

最後に私はラズベリーのマカロンを食べてみた。マカロンは、いかにも定番の外側がサクサク、内側がふんわりとした食感だ。口当たりが非常に軽く、何個でも食べられそうだ。とても甘いけれど、ラズベリーの風味に品格がある。舌の上で小さな宝石を転がしているような気分だった。思わず笑顔になっていた。

ひとつひとつのスイーツが、私に新しい世界を与えてくれる。

＊

私は片手を挙げて、ウエイターを呼んだ。

「スコーンのおかわりをください」

目の前の一口が幸せだと感じたのは、久しぶりだったと思う。

清々(すがすが)しい気分で、この先の自分の『みらい』に期待を抱いた。

丁寧でない生活　蝉川夏哉

　オートロックのマンションに似合わない木彫りの表札に、墨痕たくましく渡会(わたらい)の文字が刻まれていた。この部屋を訪れるのは数度目だが、何度見ても不似合いだな、と思いながら見つめてしまう。

「味醂(みりん)、買ってきましたよ」

「ありがと。ちょうど切らしてたんだ」

　指定されたメーカーの本味醂をマイバッグから出して手渡すと、一円単位で精算してくれる。小銭を数える渡会の掌(てのひら)は分厚く、熊のそれを連想させた。

　渡会はトオルのジム仲間で、数少ない友人だ。歳は確か一つ上だったはずだ。

「にしても、いつ来ても綺麗(きれい)ですね」

　ルンバがやってくれるだけさ、と筋肉で隆々と盛り上がった背中越しに渡会が謙遜(けんそん)してみせる。同じようにルンバを導入したトオルとしては、そのルンバが自由に動き回れる床を確保するのが大変だということを知っていた。

　二十五の坂を越えた区切りにと一念発起して通いはじめたジムで声をかけてくれたのが渡会だった。

　渡会はボウルや泡立て器を無駄のない動きで支度しはじめる。今日はお茶をご馳走(ちそう)になることになっていた。以前、筋肉量がなかなか増えないことをトオルが渡会に相談した結果、なりゆきで部屋へ遊びに行く仲になったのだ。

手入れの行き届いたソファを汚さないように気を付けながら腰を下ろす。ちょこんと置かれたヨギボーのクッションが柔らかい。見回すと、チリ一つない渡会の部屋が眩しかった。

配置まで拘り抜いた北欧家具に、多肉植物。靴下なんて落ちていない。どうやったらこんな風に丁寧な生活ができるのだろうか。この部屋を訪れるたびに疑問に思う。

丁寧な生活。

呪縛のようにトオルの頭にこびりついている言葉だ。

実家の母は専業主婦で、いつも家事を完璧にこなしていた。炊事洗濯掃除は言うに及ばず、破れた服の繕いから趣味のガーデニングまで。その上、ピアノも玄人はだしの腕前で、トオルにとって自慢の母だ。

それに引き換え、と今の自分の部屋を想う。大学を一留してから東京に出てきたトオルは新卒で入ったブラック企業を円満ならざる経緯で退社し、現在は前よりも条件のよい会社で働いている。独身男性としては小綺麗にしているつもりだったが、渡会の部屋のように窓のサッシや電灯の笠まで掃除できているかといえば、行き届いていないと言わざるを得ない。上司に取るように言われて習慣で購読し続けている新聞も捨てるのが面倒になって隅に積み上げている。

実家に敵わないのはともかくも、年齢の近い渡会に、勝てない。

筋肉でも、生活でも。

そのことがトオルには少し悔しい。

「ところで味醂ってどうやって使い切るんですか」

実家の母は味醂を使っていた記憶はあるが、トオルは味醂を何の料理にどのように使うのか見当もつかなかった。

「……煮物とか？」

また丁寧な生活だ！

筋骨隆々の独身者が煮物を自炊しているなんて、と意外に思ってしまう。渡会のイメージからすれば、ブロッコリーと鶏のささ身ばかり食べていそうだと勝手に思い込んでいた。

「味醂なんて、ジム通いの独り暮らしの家にあるって、変だよな？」

「いや、凄いなって思います。丁寧な生活っていうか……」

トオルの答えに、渡会が憎帽筋を竦める。

「違う違う。丁寧な暮らしとかじゃないんだよ」

「え？」

「本当はブロッコリーとか鶏のささ身を食べる方がいいんだよ、筋肉のためには」

思っていたことを見透かされたような気がしてトオルはドキリとした。

「続けられなかったんだよなぁ。ブロッコリーとささ身」

「渡会さんが、ですか？」

「渡会さんが、だよ」

屈託なく笑うと普段の厳めしい雰囲気からは想像できない子供っぽさが渡会の顔に浮かぶ。ジムの常連やインストラクターからマスコット的に愛される理由の一つだ。

「じゃあ、今日は煮物を作ってくれるんですか？」

「いや、もっといいものだよ。パンケーキだ」

「パンケーキ？」

これはまた予想していなかったメニューが飛び出した。

筋肉量を増やすには食生活に気を付けなければならない。脂肪分や糖質の過剰な摂取は厳禁だと言われているし、食事を口にするタイミングも大切だ。

トオルの筋肉がある程度から増えないのは、カロリーが不足しているからだ、というのが渡会とインストラクターたちの分析だった。こういう場合、チートデイを設けて好きなだけ暴飲暴食する日にした方がいい。ストレスの解消にもなる。

しかし、パンケーキとは。てっきり、ステーキでも焼くのかと思っていた。大学まで柔道を続けていたという渡会の大きな身体からは、パンケーキは連想しにくい。

「スキレットはもうオーブンで温めてあるからっと」

「スキレット?」

　鋳鉄製の分厚いフライパンだよ、と渡会が教えてくれる。大人になると学ぶ機会が減るから、興味のないことは人に教えてもらって知ることがほとんどだ。

　卵とグラニュー糖の入ったボウルを渡会が手渡してくる。

「働かざる者?」

「食うべからず」

　泡立て器でもったりするまで搔き混ぜる。普段は使わない筋肉が刺激されて心地いい。そこに薄力粉を篩い入れ、ゴムベラに持ち替えて混ぜ続ける。

　薄力粉のダマがなくなったところで、牛乳と米油、それにさっき買ってきた味醂を加えてやると、生地は概ね完成だ。最後にボウルの底から持ち上げるようにゴムベラで混ぜてやる。

「上手い上手い」

「渡会さんに褒められると嬉しいですね」

「トレーニングでも褒めてるだろ」

　いつもありがとうございます、と頭を搔いた。少し照れているのかもしれない。

「で、ここからは焼く作業だ」

　生地をスキレットに流し込む。これだけでも美味しそうに見えるから不思議だ。

パンケーキを焼きながら、ティファールの電気ポットでお湯を沸かす。パンケーキといえば紅茶だというのが、渡会の持論らしい。

生地に熱が加わると、オーブンからいい匂いが漂いはじめる。

「なんか、昔読んだ絵本に似てる気がします」

渡会はトオルの思い浮かべた通りのタイトルを挙げた。

「あの絵本のパンケーキが食べたくて、レシピを調べたんだ」

オーブンの扉を開けると、ふわりと甘い香りが広がる。

まあるく膨らんだパンケーキは、幼い頃に絵本で見た通りの姿だ。

「さ、渡会特製パンケーキを召し上がれ」

チートデイが目的なので、バターもたくさんのせ、蜂蜜もたっぷりとかける。

ナイフとフォークで切り分けて、一口目を口に含んだ。

「わふっ⁉」

熱い。甘い。そして美味い。

幸せな味が口の中に広がる。

「そんなに慌てて食べなくても、パンケーキは逃げないよ」

銅のマグカップに濃い目に淹れた紅茶を渡され、口にする。パンケーキの甘さと紅茶の味わいとが混淆して、思わず口元が綻んだ。

「丁寧な暮らしをしようとして、こうなっているわけじゃないんだよ」

自分もパンケーキを食べながら、渡会が丁寧な暮らしについて話しはじめた。以前から相談していたことだからだ。

そうなんですか、と相槌を打ちながらも、トオルはまだ腑に落ちない。

「筋トレをしていると、自分の状態に気を遣うようになる、だろ？」

トオルは頷きを返す。体調のいい時とわるい時では、挙げられるバーベルの重量が変わってくることは常識だ。

「記録を取って、追い込んで、目標を達成して、ってやっていて気付いたんだけど、無理してやって辛いことって、続けなくていいんだな、ってさ」

あ、と思わず声が出そうになった。

そうか。何もいやいや続ける必要はないんだ。

「煮物が好きだから、煮物を作る。掃除が好きだから、掃除をする。他人から見ればそれが丁寧な生活に見えるかもしれないけど、私にとってはこれが好きなことで、これが楽なことなんだよ」

「なるほど……」

当然、多少の見栄はあるけどね、と渡会がまた笑う。

「見栄かぁ」

「まぁ、男の人を部屋に上げるんだから、掃除くらいは、ね？」

そういってパンケーキの大きな塊を口に放り込んで黙ってしまう。

渡会恭子（きょうこ）の大きな身体が、何故か不意に、小さく見えた。

「……つまり、別に丁寧な生活をしなくてもいい、ってことですかね」

「そうそう。もちろん自堕落すぎる生活は問題だけど、好きな家具を揃（そろ）えたり、好きな料理を食べたり、好きな植物を飾ったり、好きな人と……」

ごほん、と恭子が噎（む）せる。

「とにかく、好きな風に暮らす方がいいと思うよ」

なるほど……

「自分がどんな暮らしが好きなのかまだよく分からないので、これからもアドバイスを貰ってもいいですか？」

「もちろん。それでも丁寧な生活がしたいなら、丁寧な生活をしている人と一緒に住むっていう手もあるしね」

「え？」

「いやいやいや、なんでもない」

慌てる恭子の顔を見ながら口に含んだパンケーキは、さっきよりも甘い味がする気がした。

ケーキにピアス

森川楓子

私立名門・奥薗女学院には、大昔から続く奥ゆかしい行事がある。

毎年、皐月初旬の土曜の午後、生徒会執行部の生徒たちがケーキを焼いて、校長、教頭の両先生とともにお茶会を楽しむというものだ。

名門校らしい優雅な伝統として受け継がれているのだが、最近は、堅苦しいお茶会に出席したい子など少数派。生徒会への立候補者も激減し、たまたま学校を休んだ日に級友たちの策謀で選出されてしまった、などというケースも少なくない。

三年Ｂ組の問題児、大久保葵もそのひとりだった。

皐月土曜、昼下がりの調理室。葵はケーキ生地を混ぜる係を仰せつかり、ぺったんぺったんとやる気なさそうにゴムベラを動かしていたが、すぐに飽きて、ボウルを調理台の上に置いてしまった。

「ねえねえ、ちょっと見てよ」

かたわらの二年生、書記の田中千穂にささやきかけ、自分の右サイドの髪をかき上げた。ぽってりした形のいい耳たぶに、きらりと光るものが装着されている。

ケーキ型の準備をしていた千穂は、すっとんきょうな声を上げた。

「ええ!?　ピ、ピアス!?　大久保先輩、ピアスあけちゃったんですか!?」

「ふっふっふー……夕べね、姉貴にあけてもらった」

葵の姉は、読モもやってるファッションリーダー。おしゃれに疎い古風な名門校の生徒などとは、意識がちがう。

会計の梨野（なしの）麻由美（まゆみ）が、ドライフルーツをカットしていた手を止め、興奮して言った。

「うわあ、すてき……お花の形……ですか？」

「ううん、これはね……」

葵はピアスを外して、後輩たちによく見えるよう、指でつまんだ。

そこへ、生徒会長の京塚由紀（きょうづかゆき）がするどい声を浴びせた。

「ピアス⁉　ピアスですって⁉　なにを考えてるの、葵！」

由紀は、昨今には珍しく、みずから進んで生徒会長に立候補した変わり種。「奥薗精神」を遵奉し、あらゆることに大真面目（おおまじめ）に取り組む堅物だ。

「私たち生徒会執行部は、全校生徒のお手本にならなきゃいけない存在なのよ。ピアスなんて、言語道断よ！　あなたには、自覚ってものがないの⁉」

「ありませーん。副会長なんて、やりたくてやってるわけじゃないしー」

先輩たちが険悪な雰囲気になりかけたので、千穂と麻由美はあわてて仲裁に入った。

「わ、私、ケーキ作るの初めてなんですけど！　すごく楽しいですね！」

「私も！　でも、校長先生や教頭先生と一緒にお茶会なんて、緊張しちゃいます！」

葵は、鼻で笑った。

「ハッ！　ほんっと、ウザいよね。なんで貴重な土曜の午後を、ババァのお茶会なんかでつぶされなきゃいけないわけ？」

「葵……！」

たまりかねた由紀が、怒鳴りつけようとしたときだった。

ガタガタと音を立てて、建付けの悪い戸が開いた。現れたのは教頭先生。

四人は驚愕（きょうがく）した。いちばん驚いたのは、もちろん、たったいま先生方を「ババァ」呼ばわりしたばかりの葵だ。

「ぎょわぁぁぁっ⁉」

名門奥薗女学院の生徒らしからぬ奇声で叫び、手にしていたピアスを取り落とした。ピアスは、調理台に置かれたボウルに真っ逆さま。

教頭はクイッとメガネを押し上げ、険しい声で言った。

「あなた方、おしゃべりばかりしていては、時間に間に合いませんよ。きちんと予定通りに進めてもらわなくては困ります。校長先生はお忙しいのですからね」

教頭はツカツカと調理台に歩み寄った。葵はとっさにゴムベラを返し、ピアスをケーキ生地の中に押しこんだ。

「は、はい！　やってます！　きちんと、予定通り……です……わ！」

大パニック。しかし、それを表情に出さずに生地を混ぜ続ける。

由紀は素早く状況を把握し、すくみ上がっている下級生たちに目配せを送った。動揺してはならない。落ち着いて、教頭が出て行くのを待ち、ピアスを取り出すのだ！

しかし、教頭は進行具合を厳しく見守っており、なかなか出て行ってくれない。為す術もなく、ケーキ生地は型に流しこまれ、予熱したオーブンへと運ばれた。

ピアス入りのケーキが、こんがりと焼き上がっていく。教頭は重箱の隅をつつくような文句を浴びせてから、ようやく調理室を去った。

四人は顔を見合わせた。もはや絶体絶命。奥薗の校則は厳しいのだ。事実が発覚すれば、厳罰を免れまい。泣きべそをかいている葵に、由紀が言った。

「お茶会出席者は六人。ピアスが校長先生か教頭先生に当たってしまう確率は三分の一です。その不運に見舞われてしまった場合には――私も連帯責任を負うわ、葵」

「え……⁉」

「私が、あなたにピアスをつけてくるよう、そそのかしたことにする。大丈夫。一人で罰を受けさせたりするもんですか」

「由紀……！」

二人は涙ぐんで肩を抱き合った。下級生たちも、ぽろぽろ泣きながら言う。

「私たちも罰を受けます！」

「生徒会みんなの責任です……！」

由紀は首を振った。

「だめよ。あなたたちには未来がある。この責任は、私たち三年生が負います」

「先輩……！」

涙のうちに、フルーツケーキは型から外され、六等分に切り分けられた。

「生徒会のみなさん、すてきなお茶会にお招きくださり、ありがとう存じます」

校長がおっとりした口調で謝辞を述べ、伝統のお茶会が始まった。

四人は顔をこわばらせている。皿の上のケーキにフォークを入れた校長は、不審そうに首をかしげた。

「あら？　ケーキの中に、何か……固いものが？」

四人はサーッと青ざめた。万事休すだ。由紀が震え声で叫んだ。

「先生！　それは、私の責任なのです！　私が大久保さんをそそのかして……！」

「違います！　由紀はぜんぜん関係ない！　それは、私の……！」

けれど、校長はにっこり笑い、ケーキの中から出てきたピアスをつまみ上げた。

「まあ、かわいらしいこと。これは……四つ葉のクローバーですね？」

教頭が、血相を変えて立ち上がった。

「ケーキの中に異物が⁉　生徒会の皆さん、これは、どういうことです⁉」

「いいの、いいの」

校長は教頭をなだめ、やさしい目で生徒会の四人を見た。

「驚きました。まさか、あなた方が、奥薗女学院の古いしきたりをご存知だなんて」

「……え？　しきたり？」

「ええ。このお茶会の、そもそもの始まりです」

校長は目を閉じ、まるでおとぎ話を紡ぐように続けた。

「フランスに、ガレット・デ・ロワというケーキがあります。中に、フェーヴという小さなお人形を焼きこめておいてね、切り分けたとき、フェーヴに当たった人を王様と呼ぶんです。王様になった人には、幸運が訪れると昔から言われているんですよ」

なんの話やら。四人はポカーンとした。

「昔、奥薗の先輩たちはその伝統にならい、尊敬する先生にフェーヴ入りのケーキを贈ったそうなのです。それが、このお茶会のそもそもの始まりなのですよ。いつしか、もとの形式は忘れられ、お茶会だけが残ったということですが……そんな昔のことを、どうして、あなた方が……？」

「そ、そうなんです！」

由紀が顔をまっかにして叫んだ。

「私の親戚に、奥薗の卒業生がおりまして！　その方から、昔のお話をうかがったのです！　私たち、先生方に尊敬と感謝の気持ちをお伝えしたくて……その……！」

「そうだったんですね。なんて、うれしいことでしょう」

校長は何度もうなずいて、四人にあたたかな目を向けた。教頭がブツブツ言った。

「そんなことをするなら、事前に知らせておいてもらわないと。万が一、気づかずに飲みこんでいたら、大変なことになるところでした！」

「いいのです、何事もなかったのですから。このフェーヴは、お返ししましょうね」

校長は、生徒会長にピアスを渡した。由紀はかしこまって、押しいただいた。

その後、会話ははずみ、本年度のお茶会は大成功をおさめたのだった。


四人は廊下を歩きながら、興奮して語り合った。

「まさか、あんな伝統があったなんてね！　助かったぁ！」

「まったく、あなたの悪運の強さにはあきれるわ」

由紀は、四つ葉のクローバーのピアスを葵に返した。

「もう二度と、学校にピアスなんてつけてこないでちょうだい」

「へいへい。ねえ、千穂ちゃん、麻由美ちゃん。ピアスあけたくなったら、いつでも言ってね。うちの姉貴が、ちゃちゃっとやってくれるから」

「葵ぃぃ！」

四人の顔も声も、明るい。

生徒たちが去った後、教頭は首をかしげながら言った。

「お茶会に、あんな謂(いわ)れがあったなんてねえ。初めて聞いたわ」

「そりゃそうよ。私が、とっさにでっちあげたんだから」

校長は得意そうに笑った。

教頭は、しかめっ面で校長を見た。校長は天井をあおいで言った。

「覚えてる？　私が、ピアスをケーキ生地に落っことしちゃったときのこと」

「忘れられるもんですか。問題のケーキが校長先生に当たって、大騒動になっちゃった。帰国子女のあんたには、ピアスぐらい当たり前だったんでしょうけどね」

「あなた、涙ぐんで連帯責任だって言い張って……一緒に反省文書いたわね」

「迷惑だった、ほんと」

教頭は大げさにため息をついた。校長は窓の外に目を向けて、つぶやいた。

「あの子たちを罰したくなくてね。とっさに出まかせを言っちゃった。なかなかの機転だったと思わない？」

「悪知恵だけは働くんだよね。あんたは、昔からそうだった」

やわらかな日差しが、校長の横顔を照らしている。

しわだらけの顔が一瞬だけ、あの頃の問題児のように見えて、教頭は頬(ほお)をゆるめた。

おばあちゃんのやきいも

枠サナカ

もうそろそろ焼き上がるころだろうか、あたりには、焼き芋のいい匂いが漂っていた。ストーブの上、銀色に光るふたつの包みがある。銀紙をめくったら、少し焦げて、ぱりぱりになったさつまいもの皮が現れるだろう。真ん中で割ると、黄金色の断面から、湯気がふわっと立ち上るのだ。そのまま食べてもいいが、ほくほくの焼き芋にバターを落としたら、バターがとろけ、蜜いっぱいの芋に染み込んでいくだろう。それをハフハフ言いながら、一口にほおばる……。

わたしは、ストーブに手をかざして暖をとっていた。穿いていたもんぺに、ストーブの熱が直に当たって、熱いくらいに温まっている。さあ、芋の焼け具合はどうかなと、手を伸ばそうとしたときに、電話のベルが鳴った。

受話器を取ると、いきなり男の声がする。「ばあちゃん、俺、俺だよ。隆二だよ。朝言ってたお金さあ、五十万。もう準備できた？　もう困っちゃって困っちゃって。いやー助かったよ、ばあちゃん、これで俺の首がつながった」と早口で言う。

わたしは奥の部屋の、テーブルの上の封筒と紙袋に目をやりながら、「ああ、あるよ。それで隆二、あんた、大丈夫なのかい」と言った。

「うん大丈夫。悪いね、ばあちゃん、助かるよ。俺、すぐ近くまで来てるから、取りに行くね。ちょっと待ってて」

しばらくしたら、「ばあちゃーん」と引き戸がカラカラ開いて、スーツを着た隆二が現れた。いかにも着慣れていない背広で、肩の位置が合っていない。隆二は汗を拭き拭き、玄関を上がって「ばあちゃん、ほんと、久しぶりだねえ」と子供に言って聞かせるような調子で、ゆっくりと言った。「今、誰もいないの？」

「いないさ。ずっとわたしひとりだよ」

その間も、隆二の目は、金の包みがどこにあるか、探しているようだった。

「隆二、いろいろあって疲れてるだろう、ゆっくりしていきなさい。今ねえ、焼き芋が焼けたところなんだよ。ほくほくでねえ、美味しいよ。さっき、お茶も淹れたから」と、奥の部屋に招こうとするわたしに、「待ってよ、ばあちゃん、俺急いでるんだ。すぐ行かないと、俺、やばいんだって」と急かす。

「でも、お茶一杯も飲めないわけじゃないだろう。焼き芋の一本や二本」と言うと、しぶしぶといった様子で家に入ると、隆二はちゃぶ台の脇に腰を下ろした。

盆に、ストーブの上で焼き上がったばかりの、熱々の焼き芋を載せて出す。お茶も添えた。

「隆二、本当に大きくなって……見違えたねえ」

ちゃぶ台を挟んで、向かい合って座り、懐かしげにそう言うと、お茶をぐっと飲みつつ、隆二は目を逸らした。

「あれ、ばあちゃん、寒い？　風邪ひいたの？」と、気まずさを取り繕うように、隆二がわたしの手元に視線を落とした。わたしのはめている軍手に目が留まったらしい。

「ああ、ちょっとね。最近、指が冷えるんだよ」と言うと、「そうだなあ、寒いものなあ」と相づちを打った。「その帽子も？」と隆二が頭を指さす。

「そうだよ、頭が冷えないようにね」そう言いながら、わたしは首をかしげた。

「あれ、この帽子は隆二が昔くれたやつじゃないか。隆二や、覚えてないのかい？」

そう言って、じっと隆二の目を見つめると、隆二は目を泳がせながら、「あっ、ああ、そうだった。そうだったねえ、そうそう、その帽子、俺、あげたの。俺が」と何度も首を縦にふる。

わたしはさらに首をかしげた。

「あれっ？　違う。この帽子は隆二じゃなくて、マサの方がくれたんだっけ」

「そうそう、そうだった。ばあちゃんにその帽子あげたの、マサ兄さんだよ」

わたしは笑みをスッと引っ込めた。

「兄さんってお前……マサは兄じゃなくて姉じゃないか。隆二、あんた、いったいどうしたんだい」

すると慌てて、隆二は首を激しく横にふりはじめた。

「いやいやいやいや、そうそうそう、兄さんじゃなくて、姉さん。そうだよ、マサ姉さんだった。嫌だなあ、姉さんじゃん。俺いろいろ急がしくってさ、疲れてて、ついつい間違えちゃったよ」

隆二の額が、汗でぬらぬら光る。

「ば、ばあちゃん、それよりさあ、最近どうなの。最近」

お茶を飲みつつ、隆二は強引に話題を切り替えてくる。

「最近かい？　この辺もなんだか物騒になってねえ、泥棒が出るんだって。なんでも、寝ている間に忍び込んで、家を荒らすらしいよ」

「そりゃあ危ないね、ばあちゃんも一人暮らしだし、気をつけないとね。身体の方はどう」

「わたしかい？　毎日、だいたいいつも歩いてるよ。とにかく、よく歩くね」

「そうか……元気で何よりだ。それでさ、あのー。ばあちゃん」隆二が頭をかきかき言う。「そろそろ俺、本当に行かないと」

「焼き芋はどうするんだい。これ、焼けたばっかり。熱々で美味しいから」

隆二は「いや、ごめん、ほんと急いでるから。早くお金を持っていかないと、俺、首になっちゃう。下手すりゃ、もう裁判になるかもって言われてて……」

「裁判？」わたしは目を見開いた。「隆二、しっかりなさい。お前、裁判官だろ？」

「え？」隆二は目を泳がせる。「そう……そうなんだよ、俺、裁判する側なんだよね、ここのところ毎日、無期懲役！　とか言ってて。マジ忙しいんだ」

しどろもどろになる隆二に、わたしは満足げに笑みを浮かべた。

「そうだ。懐かしいねえ。あのころは、こうやってよく遊んであげたものだった。覚えているかい」と、座っている隆二ににじりより、いきなりカニばさみのように、もんぺを穿いた両脚で隆二の胴を挟んだら、隆二は明らかに動揺したようだった。

「はは、そうだなあ、ばあちゃん、懐かしいねえ。ばあちゃんのカニばさみ」と乾いた笑い声を漏らした。

「あ、俺、ほんともう行かなくちゃ。で、ばあちゃん、準備したお金ってどこ？」とキョロキョロしている。「あ、もしかしてこの包み？」と、厚みのある封筒に手を伸ばそうとしたそのとき。

わたしはぐらりと傾いだ隆二の一瞬の隙を見逃さず、隆二の首に左脚をすばやく絡めていた。左脚で作った鋭角で隆二の頸動脈をしっかり圧迫する。その左脚に右脚をかけて、テコの原理で堅く固定した。

「おやまあ、隆二や。お前、本当にわたしの孫なのかねえ。こうやって、いともたやすく三角絞めを極められるとは、まったく情けないねえ」

そこでようやく、隆二はこの事態に気がついたようだった。必死に身じろぎする様子を見せたものの、完璧に勘所は押さえてあるし、身体の自由はもう利かない。

非力なように見えても、意外に筋力があるのが脚である。だめ押しで、隆二の頭をぐっとこちらに引きつけるようにすると、数秒で隆二の全身から力が抜けた。

「最近の若いのは、ちっとも鍛えとらんからねえ」

白目を剝いたままの隆二を尻目に、わたしはよいしょ、と立ち上がる。

離れの寝室から、ようやく目を覚ましたのか、ばあさんがよちよち出てきた。

「あれま。どちらさんでしたっけ？」と言うので、「おばあちゃん、さっきのヘルパーですよ。へ、る、ぱ、あ」と言うと、「ああ、ヘルパーさんねえ、ご苦労様」とにこにこ言う。そのうちに、足下の隆二に気付いて、「おやおや。疲れて寝ちゃって」と言い、丸太のようにぶっ倒れたままの隆二の頭を、優しくなではじめた。

なるほど、テーブルの上の五十万はこういうことだったのか、と思う。さっきは不意にかかってきた電話に出るか出ないか一瞬迷ったが、安否確認の連絡かもしれないと思って電話を取った。まさか、それが巷を騒がせているオレオレ詐欺の電話だったとは。

ばあさんは、ニセ隆二の頭をゆっくりとした手つきでなでている。子守歌が低く聞こえてきた。頭はもう、まだらにぼんやりしているようだけれども、孫の可愛さは、こうしてずっと、心の中に残っているのだろう。なけなしの金をはたいて、孫の危機に役立てようと、急いで五十万円を工面したに違いない。

部屋を見回すと、古びたドラえもんのシールがあちこちに貼ってある。冷蔵庫にも、棚にも、ふすまにも。色あせて、はがれかけのもののもそのままにしてある。本物の孫の隆二が、幼いころに遊びに来て、貼り付けたものだろう。楽しい思い出をはがしてしまうのは、忍びなかったのかもしれない。

孫の隆二は、成長し学校に行きだし、どこか遠くに就職したりして、近頃はとんと田舎に顔を見せていなかったものと見える。このオレオレ詐欺のニセ隆二は、そんな一人暮らしで、頭のぼんやりしたおばあさんを標的にしたのだ。まったく世知辛い世の中だ。

さて、とわたしは分厚い封筒に手をかけたが、封筒の隣の紙袋が気になった。中を見ると、銀色に光る何かが、数個きちんと並べられて入っていた。触ってみると、アルミホイルが巻かれた、いくつもの焼き芋だった。焼き芋は、遠い日の、孫の隆二の好物だったのかもしれない。朝からはりきって、たくさん焼いたのだろう、仕事に失敗したらしき隆二が、少しでも元気になれるように、好物を持たせようとして。

――ほら、焼けたよう。熱いから気をつけな――

わたしは思い出す。その昔、母とふたりで集めた落ち葉でたき火をし、そのあとの、おき火の中にさつまいもを入れて、母が焼き芋を作ってくれたことを。たき火の煙の匂いが鼻をくすぐり、風向きが変わって目に煙が染みたりした。焼けたかどうか、枝の先で突き刺して確かめる。母は大きくて美味しそうな方を、いつもわたしにくれた。

わたしは、一旦手に取った分厚い封筒を仏壇に戻して、盆の上の、まだぬくみの残る焼き芋を手に取った。割烹着のポケットにふたつとも入れる。

杖を拾うと、わたしはわざと深く背を曲げ、杖をつきつき玄関から外へ歩み出る。

小道の脇に切り株があったので、そこへ腰掛けた。軍手を外して、割烹着のポケットから焼き芋を取り出し、手のひらで包むと、焼き芋の熱が直に伝わって、指先までじんと血が巡った。焼き芋の銀紙をゆっくり取り去る。皮は少し湿っていたが、さつまいもはまだ、温かい。そっとかじると、頬がきゅっとなるほどの甘みが口の中にほぐれて、広がっていく。

どこか遠く、パトカーのサイレンが聞こえる。

隆二を絞め落としたときに、隆二のセカンドバッグから、有り金と、換金できそうなものはすべて抜いて、この巾着へ収めてある。お茶に混ぜた睡眠薬はよく効いているようだったが、念のため手足を結束バンドで縛り上げておいた。日本のどこを歩きまわろうが、誰にも警戒されないもんぺに杖の姿というのも悪くない。

さっき、あの家のばあさんの振りをして通報しておいたので、そろそろ警察が来るころだ。その前にずらかるとしよう。この歳になって、また臭い飯なんてこりごりだから。

恋のフォーチュンクッキー　井上ねこ

二〇一九年、九月。松本市内にある商業ビルの駐車場に赤いミニクーパーを駐めると、若泉歩美は占い館『運命の輪』へと向かった。

歩美が管理人を任されているアパートの住人、霊能者を名乗る夢野ゆりあが「凄く当たると噂の占い師がいるから、あなたに調べてもらいたいの。同業者が行くわけにいかないしね」と料金を払ってくれたうえに予約を入れてくれたのである。

歩美は予約時間の十分前に入館した。狭い待合室には女性が三人腰掛けている。予約した時間から十二分遅れて、歩美の名前が呼ばれた。抽象的な車輪のイラストが描かれたドアを開けると、更に分厚いカーテンが現れた。

カーテンをくぐり入室すると、美しい女性が寒色系のライトに照らし出されている。二十九歳の歩美よりも四、五歳は若そうだ。黒のロングワンピース姿で紫のフードをかぶっている。

「今日はどんなことを占いましょうか」と張りのある声で聞かれた。

秘かに想っている人がいる歩美は恋愛運について相談したかったのだが、夢野からは仕事運について相談するよう指示されていたので、それに従った。

占い師はテーブルの上のタロットカードに手をかざし、瞑想するようにしばらく目を閉じた後、カードをシャッフルし始めた。紫のネイルカラーが神秘的だ。一つの山にまとめると「相談内容を念じながら、三つの山にカットしてください」と優しい口調で求めてきた。歩美がカードの山を三分割してテーブルに置くと「右側の山に中央の山を載せ、次に左端の山を載せて一つの山を作ってください」と占い師は命じた。

占い師は上から三枚おきに三枚のカードを取ると、歩美の前に逆三角形の配置でカードを置いた。

「左のカードが過去、下が現在、右が未来を意味しています。では運命の輪を回してみましょう」そう言って占い師はカードを表にする。

「『過去』は魔術師の逆カード、これは思い通りに進まないことを意味しています。『現在』は女教皇の正カード、これは問題の解決策がもたらされることを……」

占い師の解説を聞きながら、歩美は結構当たっていると感じた。昔は仕事に悩んでいたが、今は充実している。

「『未来』は恋人の正カード、重要な選択時期が来ていることを意味しています。仕事は能率的に大きな成果が上げられるでしょう」

歩美は「恋人の正カード」という言葉に身を乗り出した。仕事運以外についても聞きたい。そう思ったら、占い師は歩美の心を読み取ったかのように「このカードは直感的に行動しなさいという暗示ですから、恋愛運としては、思い切った告白が成功します。恋愛結婚へのチャンスですね」

「恋愛も仕事も直感を信じて積極的にやればいいんですね」

うれしさのあまり、歩美は両手を握り合わせて占い師に感謝した。

「いい未来が開けていますよ。それとラッキーカラーは『赤』です。最後に運命の輪を回すプレゼントを必ず受け取ってください」

歩美は占い師にお礼を言って、椅子から立ち上がった。と同時に、部屋の隅にある間仕切りカーテンが開くと、地味な格好の中年女性が出てきた。

「一つだけお好きなものをどうぞ」としゃがれた声とともに差し出されたガラス容器には、クッキーが並んでいた。変わった形のクッキーからは色とりどりに塗られた紙がはみ出している。

海外ドラマでたまに見るフォーチュンクッキーだ、と歩美は思った。どれにしようか悩んでいると、次の客の名前が呼ばれた。せっつかれるように歩美は目に付いたクッキーを一個選んだ。

占い館を出て、クッキーからおみくじの紙を引き出した。おみくじの端は赤く塗られていて「積極性こそが恋愛の勝利者への道」ときれいなペン字で書かれている。

本当に相談したかったことへの答えがあった。歩美は頰(ほお)を赤らめると「本当に当たるんだわ、あの占い師」と独り言をつぶやき、自分の恋愛を後押しされたようで心が弾んだ。

歩美はアパートに寄ると、お礼を言うために夢野の部屋を訪れた。留守なのかノックをしても返事がない。そこへ隣の部屋の住人花井朝美（はないあさみ）がやってくると「夢野さんは急な用事で外出して、私に話を聞くように頼んでいったのよ」と歩美を手招きしてきた。花井は観察眼に優れた高齢女性である。

花井の部屋で紅茶を飲みながら歩美は占い館での出来事を語った。最後にクッキーから出てきたおみくじを花井に見せる。

「夢野さんが歩美ちゃんに用意した相談事とは違う、本心に沿ったピッタリの言葉が書いてあって驚いたというわけね。実は投資をしたり経営で悩んだりしている人も、占い館のフォーチュンクッキーからまさに運命を切り開く言葉が出てきて、それが実現した、という話を夢野さんが知人から聞いたらしく、歩美ちゃんに偵察してもらったんだけど。彼女がやっているYouTubeの再生数が伸び悩んでいて、流行（はや）る占い師を参考に、新しいコンテンツのヒントをつかみたいと必死なのよ」

夢野は、人気のある占い師のトリックを自分の動画に生かそうとしているということらしい。

「歩美ちゃん、今日はきれいなマニキュアをしているじゃないの」

花井は話題を変えるように、歩美の指先を見つめながら言った。

「これですか、気分を変えようと最近スカーレットローズで塗ってみたんですよ」

歩美は指先を揃えるとセルフネイルした爪を見やった。

翌日の朝、花井から『美味しいクッキーを作ったから、おやつ時に食べに来て、そのときに占いの秘密を教えてあげるから』と電話があった。

母親から渡された紅茶を手土産に、歩美は花井の部屋を訪れた。部屋からはバターのいい香りが漂ってくる。

歩美が紅茶を淹れ終えると、花井がクッキーを入れたガラス容器を持ってきた。

「歩美ちゃん、占いのときと同じように、一つだけクッキーを取ってちょうだい。直感で素早く選んでね」

急かすような花井の言葉に、歩美は前回と同じように目に付いたクッキーを選んだ。

それからゆっくりとクッキーを割りおみくじを引き出した。

端が赤く塗られたおみくじには「あなたはこれを選ぶ」とだけ書いてある。

歩美は驚くと同時にあることを思いついて、クッキーを紅茶カップの受け皿に置くと、他のクッキーを割り次々とおみくじだけを抜き取った。

「大欲は無欲に似たり」「ハズレ」「小吉」などとおみくじには書いてあった。つまり、同じ内容のおみくじはなかったということになる。

「クッキーを食べ終わったら、説明してあげるわ」と花井はクスクスと笑いながら言った。クッキーはサクサクとした食感で、バターと砂糖の風味が伝わってくる。

「おいしいクッキーですね」

歩美の言葉に花井は「バターを冷やしておくこと、それとアーモンドパウダーを使うといいのよ。あとでレシピを教えてあげるわ」と解説する。

二人でクッキーを食べた後、花井は謎解き(なぞと)きを始めた。

「タロットカードで占うのはうまい手法だわ。相談された仕事運・金運・恋愛運などをざっと報告しながら、相談者の仕草や表情からどの方面に関心があるのか探っていたのね。だから歩美ちゃんが仕事について悩んでいると言っても、本当は恋愛運に興味があると判断したわけ。歩美ちゃんが待たされていた間に防犯カメラで容姿・服装・態度などを観察して、どんな人間か下調べしていたんだろうね」

確かに「恋人の正カード」と言われたときには自然と身体が前に出ていた。歩美はもう一つの疑問を口にした。

「だけど、私は自分でクッキーを選んだんですよ」

「自分で選んでいたように思えて、実は選ばされていたのよ。歩美ちゃんがカードをシャッフルするときに赤いマニキュアをしているのに気がつき、好きな色を推察した。会話の最後に『ラッキーカラーは赤』と言って『赤』という言葉を歩美ちゃんの脳裏に刻みつけた。そこに端が赤いおみくじの入ったクッキーを差し出されたら無意識にそれを選んでしまう。次の客が入ってくるということで急かされるから、余計なことを考えるヒマはなくなり直感的に選ぶという心理トリックね」

「そういえば、赤いおみくじのクッキーは手前にあって、取りやすい位置にありました。そうだとしても、どうやって都合のいいおみくじが入ったクッキーを用意出来たんです。そんな時間はなかったはずですけど」

「占い師の耳元はフードで隠れていたんだよね。それと助手の中年女性にどんな印象を持ったか、教えてもらえるかしら」

　花井は歩美の質問に答えることなく、逆に質問を浴びせてくる。

「占い師さんの耳はフードで隠れていました。助手のかたは地味でしゃがれた声をしていたのを覚えています」

　花井はみすゞ飴(あめ)を口に入れると、しばらく考えていた。

「占い師と助手、二人はたぶん母娘(おやこ)だね。母親は助手のように装っているけど、娘に指示を出しているんだろう。だからこそ舞台裏でクッキーを素早く準備出来るのよ。占い師のフードに隠れた耳にイヤホンマイクを仕込んで情報を伝達する。そうやって連絡を取っているんだろうね。助手の人はしゃがれ声だったというから喉を痛めて占いを娘に任せたのかも。これはただの想像に過ぎないけど」

「母娘だったら、秘密も守りやすいし、息もピッタリ合いそうですね」

歩美はなるほどと思った。美人で声のいい占い師のほうが人気が出るだろう。

「占いというのは民間の心理カウンセラーみたいな役割があるからね。相談者の欲しい答えは最初から決まっているものよ。占い師はそれを見つけて後押しをしてやるわけ。おかしな壺を売りつけたりしなければ、社会の潤滑油だと思うわよ」

花井は占いには寛大なようだ。だから霊能者を名乗る夢野とも仲がいいのだろう。

「歩美ちゃん。フォーチュンクッキーをあの人に持っていったらどう。中に入れるおみくじの文章も考えておくといいわよ。積極性こそが恋愛の勝利者への道だからね」

意味ありげに笑う花井に、歩美はその手があったかと思わず手を打った。

花井は部屋から出ると「ラッキーカラーは青だから」と念を押すように言った。

歩美は家に帰る間、どうしてラッキーカラーが「青」なんだろうかと考え、あの人の姿を脳裏に描いた。彼は青い文字盤の腕時計をしていたことを思い出した。ネクタイも青系のものを締めていた気がする。


スマホに表示されたレシピを見ながら、クッキーを焼く。生地が熱いうちに様々な色で塗ったおみくじを入れて畳む。端が青いものは特別なおみくじになっている。

歩美は以前、相談に乗ってもらったお礼として彼を夕食に誘い、ＯＫを得た。自ら取ったクッキーのおみくじ、その意味を考える彼の表情が心に浮かぶ。

饅頭一つは災いのもと　山本巧次

江戸馬喰町の端っこにある飯屋、「さかゑ」。さして大きな店ではないが、雇われ料理人の兼吉の腕と、幾分太り肉だがちょいと別嬪の女将、お栄の気っ風の良さでそれなりに繁盛していた。店の裏手が住まいになっており、お栄と十手持ちの亭主、源七と四人の子供が、そこで仲良く暮らしている。

ある日の八ツを過ぎた頃、お栄が昼の片付けを終え、晩の仕込みまで一服するため住まいの六畳間に入ると、子供たちが車座になって、じっと真ん中の畳の上を見つめていた。その至って真剣なまなざしの先にあるのは……一個の饅頭だった。

「一つ、残っちゃったね」

圧に耐えかねたように、九つになる長女の美代が口に出した。十一歳の長男、栄介と、七歳の次女、圭代。それに三つの次男、健太が揃って頷いた。

お栄は、やれやれ、と苦笑した。今朝、ある大店の番頭が、些細な揉め事の仲裁で源七に世話になったと言って、御礼に饅頭を持ってきてくれたのだ。それは日本橋の有名な菓子屋のもので、見た途端に子供たちの目が真ん丸に見開かれた。源七の家は裕福とは言い難いがまずまずの具合で、子供たちも芋羊羹や大福などのおやつは度々口にしていたが、一個何十文というような高級菓子にはさすがに縁がなかった。

饅頭は六個あったが、辛党の源七が俺はいいからと譲ったので、一個ずつ頂いた結果、一つ残ってしまったのだ。そして今、その一個はまるで玉座に置かれた宝物の如く、子供たちの焼けるような視線を浴びているという次第である。

「四つに分けておあがりなさいな」

お栄が、一番無難な提案をした。だが、栄介がすぐにかぶりを振った。

「この大きさだよ。四つに割ったら小さくなりすぎて、食べた気がしねえや」

美代たち三人も、そうだとばかりに大きく頷いた。お栄は溜息をつく。

「じゃあ、どうするの。じゃんけんで決める?」

「それは、やだ」

圭代が膨れっ面をした。

「あたい、じゃんけん弱いもん。おはじきで勝ったら、にしよう」

「駄目だそんなの。お前、自分が勝てそうなのはそれだけだから言うんだろ」

栄介がすぐさま異論を唱える。圭代が言い返そうとすると、美代も「健太が勝てないような勝負はずるいよ」などと言う。立派に公平を期するようだが、自分が勝てるものを捻りだそうとしているのが見え見えだった。

「しょうがないねえ。しばらく戸棚に置いておくから、どうするか自分たちで決めな」

言うなりお栄は饅頭をさっと取り上げ、隣の板の間にある戸棚に持っていき、引き違い戸を開けて一番上の段に納めた。そこなら、踏み台がないと子供たちの手は届かない。子供たちは恨めしそうな目でそれを見送った。

「一人で食べるか分けて食べるか、答えが出たら言いなさい。出してあげるから」

お栄が子供たちを見渡して言うと、皆は顔を見合わせてから、わかったと頷いた。よしよし、とお栄は頷く。子供たちがどんな答えを出すか、楽しみだわ。

結局、夕飯までに答えは出なかった。互いに様子見でもしているのか、とお栄は内心で笑った。が、源七が帰ってきて、お栄が晩酌を用意しているとき、騒ぎが起きた。

「おとう、お母ちゃん、大変だ」

いきなり美代が六畳間に駆け込んできて、源七とお栄の前にぺたんと座った。

「何だ何だ、大変って」

源七が驚いて聞くと、美代は畳みかけるように言った。

「あのお饅頭がないよ。消えちゃった」

えっ、とお栄は立って戸棚に行き、中を改めた。確かに、上段にあったはずの饅頭が消えていた。これは、とお栄は眉間に皺(しわ)を寄せる。子供たちの誰も、手が届かないはずなのに……あれ、美代はどうやって饅頭がないとわかったんだ。

「あんたの背丈じゃ饅頭のあった上の段は見えないでしょ。どうして気が付いたの」

「そ、それは……」

美代が、しまったという顔になる。泳ぐ視線の先を追うと、戸棚の陰に小さな台があった。板に細い四本の脚を付けただけの簡単な造りで、縁側で盆栽を置くのに使っていたものだ。盆栽が枯れてからは縁の下に放ってあったのだが、それを持ち出したらしい。華奢だが、美代の重さなら何とか支えられるだろう。

「あんなの使ったのかい。危ないじゃないか。もしかしてあんた、あれに乗って饅頭を取ろうとしてたんじゃないの」

きつい口調で問うと、美代は俯いた。やっぱり抜け駆けを謀ったようだ。

「ごめんなさい……」

ズルしちゃ駄目じゃねえか、と源七に叱られ、美代はさらに俯いた。が、すぐに顔を上げる。

「でも、あたしは盗ってないよ。他の誰かがやったんだ」

「他のって……」

お栄は困惑した。あの台では、栄介が乗ったら忽ち壊れてしまう。圭代なら乗れるだろうが、それでも手が届かない。健太は論外だ。じゃあ、誰が？

「鼠が持ってってたのかな」

首を傾げて呟くと、そんなあ、と美代が情けない顔をした。

「おとう、岡っ引きなんだからお饅頭を盗った奴、お縄にしてよ」

「馬鹿言え、鼠相手に十手を使えるかい」

源七がそっぽを向いたので、美代はお栄に何とかして、と目で訴えた。そんな目をされても、私だってわかんないよ。お栄は首を傾げながらもう一度戸棚を見た。戸棚の周りには、箒が立てかけてあるだけで踏み台になりそうなものはない。どんな手を使って……そこでふと思った。あんなとこに箒、置いてたっけ。

お栄は戸棚に近付き、もう一度開けた。手を伸ばし、何も載っていない上段の棚板に触ってみる。さして厚くない棚板は釘付けされておらず、突起に載せてあるだけなので、かたかた揺れた。なるほどね。お栄は嘆息して、目を落とした。

ふと、おかしなことに気付いた。下から二段目の棚に置いてある重箱が、手前にずれている。直そうと手をやると、裏側で何かが手に当たった。それを取り出してみる。おやおや、これはどうだ。お栄は後ろの方で見ている美代に気付かれないようにしながら、にんまりした。さて、これをどうしようか。

翌日の昼下がり、お栄は襖の陰に隠れ、店の片付けを兼吉に任せて針仕事をしながらこっそり戸棚を見張っていた。子供たちは手習いから帰って昼餉を済ませ、外で遊んでいる。動くとしたら、今だろう。

しばらく待っていると、忍び足で誰か近付く気配がした。息を殺し、襖から顔を出して戸棚を見る。小柄な人影が蹲り、そうっと下段の戸を開けようとしていた。

「こらっ」

お栄が一声怒鳴ると、人影が飛び上がって尻もちをついた。

「やっぱりあんたね。変な知恵を働かせちゃって、もう」

腕組みして見下ろすと、尻もちをついたままの栄介が面目なさげに縮こまった。

「あの……わかっちゃった？」

おずおずと聞く栄介を、当たり前だとばかりに睨（にら）みつけてやる。

「あんた、あの箒を使ったんだろ。お見通しだよ」

戸棚に立てかけたままの箒を指すと、栄介は参ったと呻（うめ）いて額を叩いた。

「箒の柄で上の段の棚板の奥側を下から突き上げたんでしょ。そうしたら棚板が前に傾いで、載っていた饅頭が転げ落ちる。あんたはそれを拾って、下の段のお重の裏に隠したんだね」

栄介が驚いたように目を瞬く。

「おっ母、すげえや。まるで見てたみたいだ」

親を馬鹿にすんじゃないよ、とお栄は一発栄介の頭をはたいた。

「でも、どうしてすぐに食べなかったんだい」

それがその、と栄介はもじもじしながら俯いた。

「棚を戻すとき音がして、健太に気付かれちゃったんだ。慌てて隠したけど、遊んで遊んでってまとわりつかれて、そのうちに美代と圭代も来ちゃって」

「それで今まで、みんなの目を盗んで食べる機会がなかったわけか。そんなこったろうと思った」

お栄は、戸棚を指で示した。

「それでどうなったか、自分で見てごらん」

栄介は訝し気な顔をしたが、言われた通り戸棚に頭を突っ込んで饅頭を取り出した。

そして、あっと目を剝く。饅頭の半分ほどが、綿毛のようなものに覆われていた。

「そんなところに押し込むから、黴が生えたんだよ。もう食べられないね」

お栄は栄介の手から饅頭を取り上げると、言った。

「お前、こんなことを考えつく頭があるのに、どうしてそれを悪いことに使うのさ。だから神様が怒って、罰を当てたんだ。頭は正しいことに使わなきゃ駄目なんだよ」

叱られた栄介は、がっくりとうなだれた。

「うん……ごめん。悪かったよ」

「本当だね。もしまた悪いことを企んだら、今度はもっとひどい罰が当たるよ」

「う、うん。もうしない。絶対しないから」

「それじゃ、遊んでおいで。おおかた、厠へ行くとでも言ってこっそり戻ったんだろ。みんな心配してるかもよ。この饅頭、私が捨てとくからね」

栄介は慌てて外へ飛び出していった。

お栄は裏手に出ると、栄介の走っていった方を窺った。なまじ頭がいいだけに、早いうちからしっかり善悪を教え込まなくてはいけない。今回は、どうやらきちんと反省してくれたようだ。

お栄は安堵して、手にした饅頭の綿毛を手で払い落とした。黴に見えるが、古い綿の切れ端を飯粒で貼り付けてあったのだ。今の季節、一晩やそこらで黴が生えることはない。栄介に教訓を与えるための小細工だった。

さて、と。お栄は饅頭を目の前に持ち上げた。今さら子供たちの前に出せないし、捨てるのはあまりに勿体ない。どうしよう。うーん、ここはやはり私が頂くしか……。

お栄は左右を窺った。誰も見ていない。よし、と饅頭を口元に持っていこうとしたとき、何かの影がよぎった気がした。次の瞬間、顔の脇を黒っぽい大きなものが掠めた。あっと思って周りに目を走らせると、一羽のトンビが空高く舞い上がるところだった。お栄の手にあった饅頭は、消え去っていた。

お栄はしばし、ぽかんとして何も載っていない掌を眺めた。それから急に可笑しさがこみ上げてきて、天に向かって大笑いした。

祝日菜　林由美子

週末と祝日のコンビニの仕事は、張り合いがなかった。たびたびお菓子をくれる『おやつの人』が来店しないからだ。十二階建ての瀟洒(しょうしゃ)なオフィスビルにテナントする店舗は、夜勤がないから女性に向いていると、三か月ほど前、派遣会社から薦められた職場だった。そこで週五日働くわたしは、自動ドアの開く音がするたび「いらっしゃいませ！」と首を伸ばす。

そこに『おやつの人』の姿があると、うれしい。平日、彼はほぼ毎日店に来た。早朝や昼時、夕方に夜間など来店時間は様々で、ここの上階の会社に勤めていると、いつだったか本人が言っていた。年はわたしのひとつふたつ上くらい、三十歳前後に見える。黒縁のメガネをかけて、柔らかそうな髪はいつもどこかに寝ぐせがついていた。

彼から初めておやつをもらったのは、わたしがこの店で働き始めたばかりの頃だ。

「タバコ、ひとつ」慣れないレジに立つわたしに、スマホをいじりながらそう注文した五十代くらいの男性客がいた。

「銘柄はどちらでしょうか。何番になりますか？」

わたしが尋ねると、相手は舌打ちして顔を上げた。

「アイコスミント！　覚えろよ。頭わりいな。これだからコンビニ店員は」

思わぬ侮辱的な返答にわたしはたじろぎ、次に猛烈な怒りがわいた。つい相手を睨(にら)みつけそうになる。けれど、ふいに頬骨(ほおぼね)のあたりに飢餓感がよぎった。甘いものを渇望するあの感覚だ。それは一種の警笛となって、わたしの怒りをいさめた。

我に返ったわたしは、目の前の客に「申し訳ございません。なるべく早く覚えますね」と、笑顔を向けた。相手は「ったく」と、タバコを荒々しく受け取ると店を出ていった。

その後に並んでいた客が彼――『おやつの人』だった。

「このチョコレートバー、おいしいですか？」

彼は、缶コーヒーと一緒に、レジ脇にカゴ盛りにしたチョコレートバーをひとつつまんでカウンターに置いた。

「人気ですよ」適当なことを言いながら、商品のバーコードをスキャンして会計額を告げると、スマホ決済をした彼はわたしへそのチョコレートバーを滑らせた。

「よかったら休憩中のおやつに」

こうした客からの差し入れはたまにあった。お茶やコーヒーなど、余分に購入してそのまま「皆さんでどうぞ」と、スタッフにふるまってくれるのだ。その善意を受け取るのは通例で、わたしは「ありがとうございます」と、少しばつの悪い思いでお礼を言った。先客とのやりとりを同情されたに違いなかったからだ。

それが彼との出会いで、以来、彼はしばしば同様な方法で、わたしにおやつをくれるようになった。苺大福(いちごだいふく)にチョコパイ、どら焼きにワッフル。いつも会計前に「これ、おいしいですか？」と聞かれ、わたしは「売れてますよ」「人気ですよ」と答えた。
「ねえ、あの『おやつの人』、亜依ちゃんに気があるよね」パートのおばさんに、そう肘で突かれることもあった。「亜依ちゃんがいる時にいつも差し入れしてくれるもん。あやかれて、あたしはラッキーだわ。ああ、いいな、若いって」

　わたしとおばさんは、彼を『おやつの人』と呼んでいた。平日は毎日のように顔を合わせ、おやつをごちそうになるのに、三か月経っても名前さえ知らない相手だ。

　わたしと彼は、他愛のない話をするようになっていた。新商品のプリンの感想に、店内で流れている人気アーティストの新曲についてや、その日の天気など、ちょっとした雑談だ。浮ついた話題はこれっぽっちもなかったけれど、その短い時間を思い返しながら休憩中に彼からの苺大福を口にすると、それは一層甘酸っぱく感じられた。

　やる気など欠片もなく始めたコンビニの仕事だったが、いつもわたしのおやつを気にかけてくれる彼の存在のせいか、はたまた、どこか役を演じているような、嘘っぽいほど快活なスタッフとの相性がいいからなのか、わたしは水を得た魚のように働いた。「亜依ちゃん」と、店のスタッフにも常連客にも、親しみを持ってそう呼ばれた。それは朝ドラのヒロインさながらで、爽やかに笑って応対するわたしはわたしでないみたいで、生まれ変わったようでもあった。

　でも、週末と祝日は張り合いがなく、時間が流れるのも遅かった。

オフィスビルの店舗のため、平日とそれ以外では明らかに客数に差があり、特に祝日の閑散ぶりはゴーストタウンの薄ら寒さすらあった。仕事が休みの彼もまず来店しない。

十一月の三連休の最後の日、カレンダーの休日を意味する赤い日付をぼんやりと見つめた。以前のわたしもよく、こうしてカレンダーを眺めていた。あの頃は今と真逆で、祝日に花丸をつけて心待ちにしていた。二度と戻りたくない日々だ。

その三連休が明けた昼下がりだった。カップ麺の品出しをするわたしのそばに、「お疲れ様」と立った彼は、おずおずと小さな紙袋を差し出した。

「連休に学生時代の友だちと金沢に行ったんです。金沢は琥珀糖が有名で女性受けがいいと聞いて。口に合うといいけど」

紙袋の中に、手のひらサイズの軽い小箱が入っているのが見えた。店の皆宛てでなく、わたし個人へのお土産とわかる。琥珀糖がどんなお菓子なのか知らなかったが、「いいですね、金沢。ありがとうございます！」と素直に喜ぶと、彼は照れたように笑った。

「いつもなんでも喜んでくれてうれしいです。あ、でも——どんな物が一番好きなんですか？　ほら、実は苦手なものとかないのかなと思って」

「なんでも好きです。苺大福もチョコもドーナツもお煎餅も。甘いのも塩辛いのも」

「一番は？」

「え？」

「一番好きなおやつ」

　わたしは戸惑った。店内にはあらゆるお菓子があって、どれもおいしいけど一番と言われたなら――それに思い至った途端、頬骨のあたりにじわりと飢餓感が浮かぶ。

「クッキーが、好きです」

「どんなクッキーが好きですか。僕は普通の、プレーンなバタークッキーかな」

「わたしもそうですね……バターに少しココナッツテイストが混じってて、噛むと粗目の砂糖がどこか砂のようにしゃりしゃりする感じの……が好きです」

　それをかじった時のことを反芻しながら話すと、頬骨にある飢餓感は一層強くなり、口の中に潤いが溢れる。

「なんだか、すごい表現だね」彼は笑う。「なんていう商品名？　この店に売ってるのかな」

「それがないんです。どこかで売っているのも見たことがなくて。赤と黄色の箱に入ってて名前もうろ覚えで、外国の――マレーシア産かベトナム産だったかな」

　百円ショップにありそうな輸入菓子だったが、そこにも置いていなかった。

「もしかして海外のお土産なのかな」

そうではない――と彼に言えず、金沢の観光名所について尋ねたわたしは、それとなく話をはぐらかした。

休憩時間になり、わたしはひとりバックヤードで土産の小箱を開けてみた。そこには小さな色とりどりの、花や葉、小鳥形の砂糖菓子がおはじきのように敷き詰められていた。気後れを感じてしまうほど清廉でかわいらしく、食べてはいけないような気すらしてしまう。その中の葉を模したひと粒をわたしは口にした。

歯ざわりはさくっとしながら柔らかで、えぐみのない純粋な糖の甘みは、あっさりとしているのに深く濃い。

たぶん、これまで生きてきた中で、一番美しいおやつに違いなかった。


それから数日後、金曜の夜だった。退勤後の客で混み合う店内が一段落した七時過ぎ、カウンターにいたわたしは彼からの問い合わせの電話を取った。

「忙しいところごめん！　さっき使ったマルチコピー機のスキャナーに、書類を忘れたかもしれない」

大事な忘れ物と聞き、慌てて確認するとそれはそこにあった。店長に事情を話したわたしは、ビルの玄関口にいると言う彼のもとへその書類を届けに出た。ビルを出たすぐの片隅に立っていた彼を見つけると、わたしたちは自然と微笑み合った。

「早く気づいてもらってよかったです。気をつけてくださいね」

「そうだね。でも、ごめん。実はそれ、わざと置いてきたんだ。こうすれば店の外で話せるかなと思って」

「え……？」唖然とするわたしに、彼は思い切ったように言った。

「次のお休みはいつですか？　よければ何かおいしいものでも食べに行きませんか？」

思わぬ誘いにわたしは驚いた。笑顔のまま凍りついてしまったような、もしかしたらそんな表情になっていたかもしれない。だからなのか、彼がしどろもどろに続ける。

「亜依さんの笑った顔が好きなんです。コンビニに行くと亜依さんがいるのがうれしくて――その、決していい加減な気持ちじゃないんです」

夢みたいだった。いつもわたしのおやつに気を配ってくれる、髪に寝ぐせのついた王子様。その穢れのなさは、あの琥珀糖にそっくりだった。

だから、わたしが人生で一番おいしいと思ったクッキーについて話せなかった。

刑務所では、祝日のみ受刑者におやつがふるまわれる慣習がある。

質素な食生活の喜びのない年月の中で、祝日のおやつはオアシスだった。低予算で支給できるからか、甘さと食感が大味な輸入物のココナッツクッキーがしばしば登場した。それを噛みしめた時の多幸感を、わたしは生涯忘れないだろう。甘味への飢餓感が満たされるあの感覚は麻薬のように記憶に焼きついていて、思い起こすだけで物欲しげに口の中が潤う。厳格に節制された年月の中でしか得られない、どんなに食べたくても二度と食べたくない、今となっては幻のおやつだった。

刑務所では、祝日のそのおやつを『祝日菜（しゅくじつさい）』と呼ぶ。

琥珀糖の彼が、きっと永遠に知ることのないおやつの名だ。

「ごめんなさい」わたしは彼に謝った。たとえようのない喪失感を、申し訳なさそうな微笑みで覆う。彼の前では、清廉でかわいらしい琥珀糖を渡したくなるような、そんな笑顔の亜依さんでい続けたかった。一礼したわたしは、踵（きびす）を返す。

「――一時期、上司の横領の隠蔽（いんぺい）を押しつけられていた女性行員のニュースが、ひっきりなしにメディアに取り上げられていました」

唐突に彼が切り出して、思わずわたしは振り返った。

「気を悪くしたなら謝ります。でもよければ、亜依さんにも僕のことを少しでいいので知ってもらいたいです。返事はそれからがいいです。まずは僕の名前から――」

自分の名前の漢字まで説明した『おやつの人』は、次の祝日にでもおいしい林檎（りんご）のパイを食べに行きませんかと、続ける。しどろもどろなどでなく、彼が懸命に歩み寄ろうとしているのだと、わたしは気づいた。

ひたむきで、すべて受け入れてくれるような温かな眼差（まなざ）しが、そこにあったからだ。

最果て商店街　茶ぶち猫とホットケーキ　高橋由太

そこは小さな商店街だった。店が並んではいるが、商店街と呼ぶのを躊躇うほどに人がいない。

人がいないのも当然のことで、大通りにあるわけでもなく、駅から近いわけでもない。また、住宅地からも離れていて、いわゆる観光地でもなかった。最果ての街と呼ぶのが、ぴったりくるようなところだ。

その風景は懐かしく、どこか儚い。客も店員も見当たらない。通りを歩いている人間さえいなかった。

そんな最果ての商店街に、一人の少年が迷い込んできた。真新しいランドセルを背負って、戸惑った顔で歩を進めている。樹というのが少年の名前で、小学校一年生だった。樹のそばには、誰もいない。独りぼっちだ。

どうして、ここにいるのか樹にはわからない。どうやって来たのかも、ここがどこなのかもわからなかった。

「どうしよう……」

呟く声は小さかった。幼稚園のときに病気が見つかり、それから病院と縁が切れない生活をしている。入退院を繰り返し、ほとんど小学校にも行っていない。病院のべッドで寝ていた記憶しかなかった。

無意識のうちに病院を抜け出してきたのだろうか。いくら頭をひねっても思い出せない。確かに、ずっと外に出たいと思っていた。街を歩きたいと願っていた。

その願いが叶った。だけど不安だった。誰もいない商店街は、真夜中の病院と同じくらい怖い。そんなことを思っていると、前方に小さな影が見えた。

「みゃあ」

茶ぶち柄の子猫がいた。樹を見てから、とことこと歩き出した。まるで、ついてこいと言っているみたいだった。

「どこに行くの？」

「みゃ」

ちゃんと返事をするけれど、猫の言葉はわからない。他に行く当てもないので、猫についていくことにした。

何分も歩かないうちに、小さな喫茶店に辿り着いた。一階建ての木造建築で、〈喫茶店〉と素っ気ない文字で書かれた看板が出ている。

「みゃん」

子猫が鳴くと、それが合図だったかのように扉が開いた。カランコロンとドアベルが音を立てた。そして、男の人の声が聞こえた。

「いらっしゃいませ」

眼鏡をかけた若い男の人が立っていた。二十歳くらいだろうか。すらりとしたイケメンで、黒いスーツを着ている。アニメに出てくる執事みたいに見える。

「樹さま、お待ちしておりました」

なぜか樹の名前を知っていた。たまたま子猫に連れてこられたのではなく、自分はここに来ることになっていたようだ。返事をできずにいると、男の人が扉を大きく開けてくれた。

「お入りください」

「ありがとうございます」

樹は、茶ぶち柄の子猫と一緒に喫茶店に入った。何もわからないまま、言われるがままに入った。

最果ての商店街の喫茶店には、他に誰もいない。木製の丸いテーブルが一つだけ置いてある。椅子は四脚あって、それも木製だった。窓は一つもなく、外の景色は見えない。

「こちらの席におかけください」

男の人にすすめられて、樹はお礼を言って座った。いつの間にか、茶ぶち柄の子猫は消えている。事情を聞く暇さえなかった。男の人の名前もわからないままだ。

「では、ご注文のお料理をお持ちいたします。少々、お待ちください」

そう言って、奥のほうに行ってしまった。注文なんてしていないのに、料理を取りに行った。樹は、誰もいない喫茶店に取り残された。

喫茶店には時計もないので、今が何時だかわからない。どのくらい時間が経ったのかわからなくなったころ、男の人が戻ってきた。甘いにおいがする。テーブルに皿を置き、持ってきた料理を紹介した。

「ホットケーキです」

その瞬間、記憶がよみがえった。樹はこの商店街に来る前のことを思い出したのだった。


生まれつき身体が弱かった。物心つく前から、入退院を繰り返していた。心臓に欠陥があるらしい。お父さんとお母さんは何も言わなかったけれど、樹は、自分が長生きできないことを知っていた。病院で出会った、同じ病気の子どもたちが何人も死んでいるのだから、嫌でもわかる。わかりたくなくても、わかってしまう。

子どものための病棟があって、樹も入院していた。同じ病気の子どもたちが死んでいくのを見ていた。大人たちは隠そうとするが、子どもたちにはバレバレだった。誰が死んだのか知っていた。

死にたくないと泣いたこともある。もうすぐ元気になるからね、と励ましてくれた両親を「嘘つき」と罵ったこともある。

きっと、大人にはなれない。きっと、お父さんとお母さんより先に死んでしまう。その予想は半分だけ外れた。お母さんが先に死んでしまった。一昨年、死んだ。重い病気にかかっていたことを黙っていたのだ。

お母さんとの思い出は少ない。樹が入院ばかりしていたせいだ。それでも、記憶に残っていることはある。その一つが、この手作りのホットケーキだった。退院するたびに、お母さんは作ってくれた。メイプルシロップとバターで食べるお母さんのホットケーキは、世界でいちばん美味しい。

「いただきます」

最果ての商店街の喫茶店で、樹はホットケーキを食べた。たっぷりのメイプルシロップとちょっぴりのバターを載せて。

熱々のホットケーキの上で、甘いメイプルシロップと塩気のあるバターが混じり合い、樹の口の中で一つになった。

美味しかった。ホットケーキの生地が、メイプルシロップと溶けたバターを吸っている。すごくすごく美味しかった。だけど、泣きそうになった。また一つ、大切なことを思い出したからだ。樹は、今、手術を受けている最中だったことを。胸が苦しくなって、緊急手術を受けることになったのだった。

今度こそ死んでしまう。手術室に運ばれながら、そう思った。手術は成功しないと思っていた。悲しかったけれど、ほっとしてもいた。病気も治療も苦しかったからだ。薬ももう飲みたくなかった。死んでしまえば、嫌なことから逃れられる。あの世に行けば、お母さんにも会えるだろう。

そんなことを考えていると、ふいに猫の鳴き声が聞こえた。

「みゃ」

姿を消していた茶ぶち猫の声のようだった。喫茶店の外から聞こえる。扉の向こうにいるみたいだ。人の気配もあった。

もしかして、と樹は思った。お母さんが迎えに来てくれたのではないだろうか。

あの世とこの世の狭間にあるとするならば、この不思議な商店街の喫茶店の説明もつく。注文していないのにホットケーキが出てきたのも、何となくだけど納得できる。この世の最後に大好きなものを食べさせてくれたのかもしれない。

この世に未練はなかった。生きていても苦しいだけだ。痛いのは、もう嫌だった。

——お母さん。

声を上げて席を立とうとしたときだった。今さらみたいに、食べかけのホットケーキが目に飛び込んできた。

　さっきまで気づかなかったけれど、形が歪（ゆが）んでいる。ホットケーキの厚さが一定ではなかった。さらによく見ると、焼き目が斑（まだら）みたいになっているところがあった。簡単に言ってしまえば、下手くそホットケーキだった。

　これは、お母さんのホットケーキじゃない。樹の記憶の中のお母さんは料理上手で、ホットケーキを焼くにしても、形を崩したり焦がしてしまったりはしない。だけど、このホットケーキには見覚えがあった。見たのは最近じゃないけど、ちゃんとおぼえている。お父さんのホットケーキだ。

　お母さんが死んでしまったあと、樹のために作ってくれた。最初は、こんなふうに下手くそだった。

「こんなの、ホットケーキじゃないよ」

　樹は言った。本当は、そこまでひどい出来じゃなかったけど、お母さんが死んじゃったことが悲しくて、きっと八つ当たりをしたんだと思う。自分も病気だし、世界でいちばん不幸な人間のように感じた。

　どうして、自分ばかりがこんな目に遭うんだろう？　クラスメートたちはみんな元気だし、お母さんが死んでしまったという話も聞かない。自分だけがひどい目に遭っている。そう思ったんだ。

でも違う。そうじゃない。ひどい目に遭っているのは、樹だけじゃなかった。お父さんもそうだ。お母さんがいなくなって、今度は樹を失おうとしている。それでも、お父さんは八つ当たりなんかしない。樹を叱りもしなかった。

「そうだな。これじゃあ駄目だな。次はもっと上手に作るよ」

そんなふうに約束してくれた。そして、その約束は守られた。お父さんはホットケーキを上手に焼けるようになった。お母さんよりも上手かもしれない。けれど、お父さんは肩を竦める。

「お母さんのホットケーキには勝てないな。当たり前か」

自分はまだ子どもだけど、お父さんが悲しんでいることがわかる。お母さんがいなくなって、ものすごく悲しいんだとわかる。樹がいなくなったら、お父さんは独りぼっちになってしまう。ホットケーキを焼くこともなくなるだろう。

この世に未練がないなんて嘘だった。お父さんと別れたくない。お父さんを独りぼっちにしたくなかった。

「もう少し、お父さんと一緒にいるね。もう少しだけ、がんばってみる」

最果ての商店街の喫茶店で、樹は扉の向こうにいる誰かに言った。それから、ホットケーキの残りを食べた。

スコーンは二つに割って

黒崎リク

「だから、スコーンは三角がいいんだって！　ナイフで切ったスパッとした切り口が、かりっと香ばしく焼き上がって美味しいんじゃないか」

「いいえ、丸よ！　型で抜くことで綺麗に膨らんで、断面が腹割れして美しい形になるの。これこそ、英国王道のザ・スコーンでしょ！」

「綺麗に膨らむのはベーキングパウダーを入れているからだ。三角に切ったものだってちゃんと膨らむだろ。そもそも、スコーン発祥の地のスコットランドじゃあ、伝統的なものは円形に焼いたやつをバノック、それを三角形に切り分けた一片のことをスコーンと呼ぶらしい。つまり元祖スコーンは三角なんだよ」

「待ってよ、スコーンは戴冠式で使われていた玉座『Stone of Scone』にあやかって名付けたって説もあるわ。玉座の土台石を模してスコーンを作ったそうよ」

「そ、そういう説もあるけど……。でもさ、丸の場合、型で抜いた後の余った生地を集めてまとめて、また伸ばしてから型抜きする必要があるだろ？　手間がかかるじゃないか。ナイフで切る三角の方が生地の余りも出なくて、手間もかからない」

「でもナイフで切ると、生地の端の方とか角度とか、大きさにばらつきが出るでしょ。型抜きしたら同じ大きさになるから均等に焼き上がるし、丸形の方が綺麗に横から割ることができるじゃない。そもそも、三角のスコーンといえばアメリカ風、丸いスコーンはイギリス風ってイメージがあるわ。チョコチップが入った三角のスコーンは、紅茶よりもコーヒーが合うし。やっぱり紅茶に添える正統派スコーンは、丸で決まりよ！」

　キッチンから聞こえてくるやり取りに、リビングでテレビを見ていた私は呆れまじりの溜息をつく。この夫婦、いつもこうだ。

　ヒートアップするスコーン論争を聞き流しつつ昼下がりの旅番組を見ていれば、キッチンからエプロンをつけた細身の男性が出てくる。少し落ち込んだ様子の彼が持つ銀色の盆に載っているのは、白地に野苺の柄が可愛らしいウェッジウッドのティーセットだ。盆をテーブルに置きながら、男性――陽平が尋ねてくる。

「美咲さん、ちょっと聞いてくれないかな。スコーンは丸と三角、どちらが……」

「ちょっと！　美咲を巻き込まないでよ」

　続いてやってきたのは、同じようにエプロンをつけた少しふくよかな女性だ。膨れっ面の彼女の盆には、白い皿に銀のスプーン、瓶詰めの真っ赤なイチゴジャムと、明るいオレンジ色のビワジャム、それに、生成り色のもったりとしたクロテッドクリームが入ったボウルが載っていた。

　それらをテーブルに並べながら、女性――菫は口を尖らせて言う。

「そうやって、すぐに美咲を味方につけようとするんだから」

「……」

注意された陽平は、むうと唇を引き結びながらも、テーブルにティーカップやソーサーを並べる。タイミングよく、キッチンからピーッと高い音が響いてきた。

「ああ、お湯が沸いた」

ぱたぱたと陽平はキッチンへと引き返す。菫は「まったく」と眉を顰めてその後ろ姿を見やった。

「今日のスコーン、丸の方を一個多く作ったのがそんなに嫌なのかしら。だからって、美咲を味方につけようとするなんてずるいわ」

「あー、そうねぇ……」

夫婦の言い合いでは菫の方が少しきつい物言いをするせいか、控えめな陽平が弱腰になることが多い。だから味方が欲しくて、結婚前から二人と付き合いのある、幼なじみの私に頼ってくるのだとは思うが。

キッチンから戻ってきた陽平はやかんを持ち、沸きたての湯を茶葉の入った丸いティーポットに注いだ。滝のように注がれる湯に、茶葉はくるくると舞い上がる。

陽平はポットに蓋をして、傍らの砂時計をひっくり返した後、やかんに残った湯でカップを温める。温め終わってカップの湯を捨てたところで、そろそろ第二ラウンドの始まりだ。

ピッチャーに入ったミルクを、陽平はカップに注ぐ。

「やっぱり僕は、ミルクを先にした方がいいと思うんだ。ミルクを先に入れることで、熱い紅茶と混ざった時のタンパク質の熱変性を抑えることができて、さわやかなミルクティーに仕上がるからね」

「あら、私は後の方がいいわ。紅茶の味を確認して、それに見合う量のミルクを入れると自分好みの美味しいミルクティーになるんだから」

「それだと、ミルク臭が強くなってしまうだろう。クリームとかバターとか、脂肪分のある食べ物と一緒なら、さっぱりとした口当たりのミルクティーの方がより合うはずだ。英国の化学協会でも『ミルクが先』って発表がされているんだよ」

「そうやって、いつも受け売りの知識ばかりなんだから。ちゃんと自分で味を確認した方が確実よ」

カップに入れるのは、ミルクが先か、紅茶が先か。

この論争も相変わらずのようだ。言い合いを続ける夫婦に、私はすかさず残り時間が少なくなった砂時計を示す。

「そろそろ時間じゃない？」

私の指摘に、陽平ははっとして、茶葉を蒸らしているポットに意識を向ける。同時に、持っていたタイマーが鳴った菫は、「焼き上がりを見てくるわ」と急いでキッチンに向かった。その間に、蒸らし終わった紅茶を陽平はそれぞれのカップに注ぐ。

紅茶の香りに重なるように、香ばしい匂いがふわりとキッチンから漂ってきた。間もなくして、菫が山盛りになったスコーンを持ってくる。

「さあ、焼きたてをどうぞ。次も焼いているから、たくさん食べてね」

「相変わらず美味しそうね。いただきます！」

私はさっそく熱々のスコーンの、丸形を一つ皿に取る。しっかりと膨らんで、ぐわっと狼（おおかみ）が口を開いたような横の割れ目にそって二つに割った。

イチゴジャムとビワジャム、最初はどちらにしようか私が考えている間に、第三ラウンドのゴングは鳴っていた。

「クリームが先だ」

「いいえ、ジャムよ」

スコーンにのせるのは、クロテッドクリームが先か、ジャムが先か、である。

「ジャムの甘酸っぱさの後に、濃厚なクリームが柔らかく包んでくれるのがいいんだよ。それに、ほら、クリームの上にジャムがのった方が、見た目も可愛い」

「クリームを先にのせたら、スコーンの熱で溶けちゃうじゃないの。それをジャムで防ぐのよ」

「クリームが溶けて、スコーンに少し染みた所が美味しいんじゃないか」

「クリームを味わいたいなら、クリームは断然、後のせよ。最初に口に入ってくるからものすごくクリーミーで、その後のジャムの甘酸っぱさが引き立つわ。それに、エリザベス女王だって、ジャムを先にのせていたのよ」

「なんだい、君だって受け売りじゃないか」

「何よ、揚げ足取ったつもり？」

二人は言い合いながらもスコーンを食べて、ティーカップを口に運ぶ。テレビはもはやBGMと化し、私は目の前の夫婦のやり取りをのんびりと眺めた。

——私が今日ここに来たのは、とある相談をこの夫婦から受けていたからだ。

それぞれ個別に呼び出された私が目にしたのは、しごく深刻な表情だった。

『どうしよう、美咲……私達、結婚してもいつも喧嘩(けんか)ばかりで……もう、陽平さんに嫌われてるんじゃないかって……』

『ほら、僕達、好みが違って衝突することが多くて……これが価値観の違いなのかもしれない……菫さんは、僕を見限ってしまうんじゃないかと心配で……』

——このままでは、離婚されるかもしれない。

二人とも暗い顔をして、そう同じようなことを言っていた——。

「……」

ジャムとクリームをたっぷりのせた温かなスコーンを咀嚼(そしゃく)し、香り高い紅茶を一口飲む。ああ、美味しい。スコーンが丸だろうと三角だろうと、ミルクが先でもジャムが先でも、正直どちらでもいい気がする（そもそも私はミルクティーよりストレートティーが好きだ）。

お腹が落ち着いたところで、カップをソーサーに置いて、私はわざとらしく溜息をついてみせた。

「相変わらず仲が良いわねぇ、二人とも」

「え？」

揃ってこちらを振り向く二人は、きょとんと目を丸くしている。

「お茶会の度に一緒にスコーン作ってるし、お揃いのエプロンもよくお似合いだこと」

娘からのプレゼントだという色違いのエプロンをした二人は、私の指摘に顔を見合わせる。いや、そんなことは、と言いながら、頬を染めてもじもじとエプロンの裾を弄る反応は、学生時代に私が二人の仲をからかった時とまったく同じだった。

私は頬杖をついて、初々しい反応をする二人を眺めやる。

二人とも、最初のスコーンにつけるジャムは必ずイチゴジャム。スコーンを食べてお茶を飲むタイミングはぴったり。傍から見ている方はおかしくて仕方がない。だいたい、お茶会の度に飽きずに痴話喧嘩するのだ。濃厚なクリームとジャムたっぷりのスコーンよりも甘々で甘酸っぱく、見ているだけでお腹がいっぱいになる。

ただでさえ、昔に比べて甘いものがたくさん食べられなくなってきたのに。

「……そういえば菫、この間の検診で高血圧って言われたんでしょ？　陽平くんも、甘いものの食べすぎには注意してよ」

「だ、だって、陽平さんと約束したのよ。月に一度は、お茶会をしようって……」

「前はアフタヌーンティーでケーキもサンドウィッチも揃えていたけれど、今はほら、スコーンだけのクリームティーにしてるし……」

二人でしどろもどろに言い訳する姿に笑いをかみ殺しながら、私はあえて顰め面で言葉を続ける。

「二人とも還暦過ぎたんだし、健康には気を付けなさいよ」

出会ってから、かれこれ六十年。目の前の二人は、すっかり白髪も皺も増えている。かくいう私も、最近は膝や腰が痛んで仕方ない。

「気を付けるわ……」

「う、うん」

神妙な顔で頷き合いながら、どうも食べ足りないのか、しばらく皿を見ていた二人は一つのスコーンを取る。二つに割って、「今日はこれで最後」と言いながら、仲良く分け合う二人に、とうとう吹き出してしまう。

「はいはい、ごちそうさま」

ソファに凭れかかって、私は満足げに息をついた。

一期一会　南原詠

浅草に『御菓子司　つきのせ』が開いてから、およそ一年になる。半年前から発売を始めた和菓子『つきこもり』がヒットしてくれたおかげで、創業者の月野瀬良一は、記念すべき創業一年目をなんとか乗り越えることができそうだった。

　つきこもりは、雲にこもり隠れた月を幾何学的に抽象化した菓子だ。直径約四センチメートルの黄身餡の球体を、白い練り切りで作られた立方体状の檻に閉じ込めている。黄身餡が月、白練り切りの檻が雲を表している。

　つきこもりの特徴は、檻の縦格子が複雑な波を打つ点だ。この波模様は毎日変わり、同じ模様は二度と使われない。今日の模様には今日を逃せば二度と出会えず、まさに一期一会を表した菓子だ。一部の熱心なファンの人々が、毎日ＳＮＳに写真を投稿してくれるのも理解できる。作る側の月野瀬も、ＳＮＳで毎日『#今日のつきこもり』を検索することが楽しみだ。

　公にはしていないが、つきこもりは全て菓子成型機で作っている。インスピレーションを形にするには、どうしても機械の力が必要だった。半年前、思い切って菓子成型機を導入した。『タンゴ社』の『わがしくん』だ。タンゴ社の菓子成型機といえば業界内では有名だ。かわいい名前とは裏腹に、食品用ジェットノズルの精密な電子制御で、どんなデザインの菓子でも成型してくれる。導入して正解だった。

　しかし突如危機が訪れた。月野瀬の目の前には、二通の書類があった。一通は『菓子成型機〈わがしくん〉の回収について』。もう一通は、『特許権侵害警告書』。

回収要請書の送り主はタンゴ社だ。わがしくんは『技術的な問題があるため回収する』という。技術的な問題とやらの詳しい説明はなかった。

『特許権侵害警告書』の中身を確認する。送り主は特許権者『淀川製菓』。『タンゴ社のわがしくんを使用すると、弊社の菓子製法特許を自動的に実施することになる』『弊社はタンゴ社に対し警告済みであり、タンゴ社はわがしくんの回収を行っている』『貴社の製品つきこもりが、わがしくんを使用して製造されていることは明白である。弊社は、特許権侵害による損害賠償及びわがしくんの除却を請求する』。

冗談ではない。わがしくんがなければつきこもりは作れない。タンゴ社の要請に応じるわけにはいかない。しかし応じなければ淀川製菓に対しての特許侵害になる。

月野瀬は、以前パソコンにブックマークしたサイトを開いた。万が一に備えて予め探しておいた法律事務所『ミスルトウ特許法律事務所』のサイトだ。

ミスルトウは、特許権などの侵害警告対応に特化した事務所だという。ネットの口コミでは『淡々として事務的』『雑談は拒否される』『スタッフはアンドロイドみたいに冷たい』などの否定的なコメントもあったが、迅速さに関しては業界一らしい。月野瀬はミスルトウに電話をかけた。すぐに大鳳と名乗るスタッフが出た。冷たい声色の女性だ。サイトの情報と照らし合わせる。大鳳未来という弁理士らしい。

事情を説明すると、大鳳弁理士は淡々と即答した。『お引き受けします』

大鳳弁理士は一時間以内にこちらに来られるという。これなら十一時の開店までに相談できる。どんな人なのだろうか。感情の読めない声だった。対応のスピード感も考えると、ひょっとしたら本当にアンドロイドかもしれない。

通話を終えた直後、隣の工事現場から建設機器の稼働音が響き始め、床が揺れた。解体工事だ。つきのせの周辺には古いビルが多い。つきのせも二階建ての古い建物をリノベーションしたものだ。月野瀬は事務室の天井付近に掛けてある時計を確認した。午前九時。工事が始まる時間だ。月野瀬は窓を閉めた。

二階の作業場に続く階段から、ベテランの菓子職人が一人下りてきた。

「そろそろ、つきこもりを作りませんと。波模様の確認をお願いします」

十時前になって、大鳳弁理士から電話があった。大鳳弁理士は抑揚のない声で時間変更を願い出た。『伺う時間を十一時半に変更できませんでしょうか』

アンドロイドではなかったようだ。開店前にと思っていたのに。予定が狂う。

つきこもりの最終確認は十時半から始まった。確認は開店後も続くため、しばらく作業場から離れられない。スタッフからお客様が並び始めたと報告を受けた。平日限定の菓子で申し訳ないと思いつつ、月野瀬は心底ありがたいと感じた。

開店からきっかり三十分後の十一時半に、大鳳弁理士から勝手口に着いたと連絡があった。大鳳弁理士は目つきがきりっと鋭く、気が強そうな女性だった。近寄りがたい雰囲気で、争い事になったら頼りになりそうだ。

事務所内に招くと、大鳳弁理士は噂(うわさ)通り、すぐ本題に入った。

「ご依頼内容を確認します。タンゴ社のわがしくんを返却したくない。淀川製菓の特許権侵害警告をどうにかしたい。この二つで間違いありませんか」

率直すぎて、月野瀬は少し気恥ずかしさすら覚えた。

事務スタッフが茶を持って入ってきた。茶請けはつきこもりだ。大鳳弁理士も、つきこもりの精緻(せいち)な波模様を見れば、この菓子の素晴らしさがわかるだろう。

しかし、大鳳弁理士は、つきこもりをまるで法廷で提示される証拠品の一つのように冷ややかに眺めるだけだった。細いスタイルからして、大鳳弁理士は甘味(かんみ)に興味がないのかもしれない。炭水化物は食べません、とか言い出しても違和感はない。

やはりアンドロイドだったかと少しショックを受けていると、今度は別のスタッフが応接室に駆け込んできた。「社長大変です、淀川製菓の淀川邦正(くにまさ)社長がお越しに」

驚く間もなく、応接室に淀川が現れた。巨体の淀川は、初対面にもかかわらずまるで友人の家に遊びに来たような雰囲気で、訊(き)いてもいない話を始めた。

「ちょうど東京に来る用事があってな、うちの会社、今度スマホゲーとコラボすんねん。女の子がマシンガン撃つゲームあるやろ、アレや。あの会社、渋谷(しぶや)にあるんや。

先方はスマホゲーの会社らしく、打ち合わせはリモートでやりましょういっとるが、わしはリモート大嫌いでな。仕事ってのは顔を直接突き合わせてやるもんやろ。ランチしながら初打ち合わせや。その前に少し寄ってやったちゅうわけや。で、どうや」

そんな勝手な。月野瀬は思わず反論した。

「御社の警告書が届いたのは今朝ですよ！　確認なんてまだです」

「てめえで作っとる菓子やないけ。わからんはずないやろ。ええか、うちの特許はノズルをつこうた練り菓子の製造方法や。ジェットノズルで設計データ通り波模様を描いたら特許侵害や。やっとるよな。自分の作った菓子を見てみい、複雑な波模様がようできとる。こんなん人間の手では作れんて。設計図と機械が必須や。うちの特許製法を使わんと作れるわけあらへん。つこうとんのやろ、タンゴのわがしくん」

「でしたら我々にではなく、タンゴ社に話をすべきでしょう」

「とっくに話しとんねん！　だからタンゴはわがしくんを回収しとんのやろ！」

淀川の目が、大鳳弁理士に向けられた。

「なんや先客おるんか。おう嬢ちゃん、隣ええか」

ことあろうに、淀川はソファに座る大鳳弁理士の隣に、どっかと腰を下ろした。

明らかな嫌がらせだったが、大鳳弁理士は顔色を全く変えずに答えた。

「淀川製菓の淀川邦正社長ですか」

「知っとるんか。わしも有名人やな。実はな嬢ちゃん、こいつ特許侵害しとんねん」

「していません」

大鳳弁理士の返答の後、ドリル音と空気圧縮機のポンプ音が重なった。

「煩（うるさ）い工事やな。嬢ちゃんもう一度いってくれへんか、よう聞こえんかったわ」

「つきのせは、御社の特許を侵害していません」

大鳳弁理士は名刺を出すと、淀川に突き付けた。受け取った淀川はしばらく名刺を眺めた後、大鳳弁理士に出したつきこもりを指さして怒鳴った。

「アホ抜かせ。こんな複雑な模様やぞ。機械の手なしに作れるわけあらへん。しかもご丁寧に毎日模様を変えおって。設計図も毎回変えとるんやろ」

「模様の入力データは一つだけのはずです」

大鳳弁理士は、大きなトートバッグから小さなタブレットを取り出した。

「先程、タンゴ社に確認しました。わがしくんが回収された理由ですが、問題は淀川製菓の特許だけではありません。不具合です。わがしくんは外部からの揺れに弱く、瞬間的な強い揺れを受けると、ノズルの制御が長時間にわたり著しく狂うんです。通常であればほとんど問題にはなりませんが、つきのせは別です。揺れのある場所で動作させていたんです。揺れとはつまり――」

大鳳弁理士の言葉を遮るように、建物が揺れた。大鳳弁理士が訊（たず）ねる。

「月野瀬さん、近所の解体工事、いつから続いていますか」

質問されていると気付くまで、月野瀬は数秒かかった。

「半年前からです。再開発のため、常にどこかしらで工事をしているんです」

「波模様が毎回異なるのは、工事による振動がランダムだからですね。揺れを受けたわがしくんのノズルが不規則な動きをし、毎回異なる波模様を作っていたんです」

月野瀬の脳裏に、半年前に作業場で起きた奇跡がありありと蘇った。

「偶然でした。わがしくんでつきこもりの試作品を作っていたとき、大きく揺れたんです。ノズルが変な音を立てて。格子が見たこともない波模様になって」

淀川は呆れた表情で訊ねた。

「模様は毎日変えていたんやなくて、揺れで勝手に変わっとったっちゅうんか」

「こんな複雑な模様、毎日思いつくわけがないでしょう。元の模様は単なる直線格子です。しかし偶然の産物とはいえ波模様も悪くはなかったので、試しに一週間だけ販売したんです。まさかここまで話題になるとは思いませんでした」

「特許の話に戻ります。淀川製菓の特許は、食品用ノズルで設計図通りの菓子を製造する方法でしたね。月野瀬さんはわがしくんを使っていますが、できあがる菓子は設計図から大きくかけ離れています。ですので特許権侵害はしていません」

淀川は顔を真っ赤にして立ち上がったが、室内の時計を見て、はっとした。

「時間や。今日はここらへんにしたる。おう月野瀬、覚えとけ。この嬢ちゃんのけったいな言い訳なんぞ通用するはずあらへんからな。うちの法務に確認したるわ」

淀川がどたどたと急いで帰っていく。月野瀬は胸をなでおろした。

「噂通りの凄腕(すごうで)です。依頼から二時間半で淀川製菓を追い返す理屈を考えてくださったとは。でもどうして、当初の設計図と異なる模様になったと気付いたのですか」

その瞬間、大鳳弁理士はトートバッグから見慣れたロゴの入った菓子箱を取り出し掲げ、何か吹っ切れたように――まるで別人のように――早口でしゃべり始めた。

「開店と同時に並んで買っちゃいました。ずっと食べたいと思っていたんですが、平日限定でしょう。おまけに午前中にはすぐに売り切れますし。あ、平日限定なのは工事も平日だけだからですよね。毎日『#今日のつきこもり』で検索して波模様を眺めながら、模様はどうやって作るのか考えていました、半年前から。振動が関係ありそうとは薄々思っていたのですが、依頼の電話でわがしくんが二階にあるって聞いて確信したんです。揺れを利用したなら、模様は毎日変わって当然ですよね。本当に一期一会なお菓子です。味も絶品でした。加工が複雑だからつなぎの過多を心配していたのですが、杞憂(きゆう)でした。口溶けがすごくいいんです。さっき買った四つを味見しましたから間違いないです。おかげでお茶請けに出た分までは食べられなかったのが悔しいですけど。あの、お茶請けの分は持って帰ってもいいですか?」

祥子のショートケーキ　八木圭一

古谷祥子は自宅のリビングで、テーブルに宿題を広げ、推しのアイドルがケーキバイキングで食べまくるテレビ番組に見入っていた。

両親は弟・涼のサッカーの試合で、朝から一緒に出かけている。涼は片想い中の美少女・瑛美が応援に来るそうでいつになく張り切っていた。かたや、高校生の兄・悠は付き合いたての彼女・玲奈とデートで、お洒落の限りを尽くして出ていった。

祥子は来春に中学受験を控えている。午後三時から図書館で友達の美和と一緒に宿題をする約束が入っていた。そのため、その時間までは一人で留守番をする。

すると突然、チャイムが聞こえた。インターフォンのボタンを押して「はい、古谷です」と応じる。どこか見覚えのある男女が映った。

〈こんにちは。山本です。お父さんと同じ会社の――〉

「あ、どうも」と、答えるうちに記憶が蘇ってきた。父の同僚の山本とその妻の美沙だ。一人娘の栞が祥子の二つ下のため、洋服など、お下がりにあげたばかりだ。

〈お父さんか、お母さんはいるかな？〉と、問いかけられた。

「いえ、外出中です。弟のサッカーの試合で……。あ、あの、今、開けますので」

祥子は慌てて玄関へ向かった。チェーンを外して、ドアを開ける。

「祥子ちゃん、急に押しかけてごめんね。一人でお留守番してお勉強かな。偉いね」

美沙に聞かれ、祥子は「はい」と答えたが、勉強していなかったので内心は複雑だった。二人の目を見つめようとするが、美沙が手にしている袋が気になって仕方ない。かなり大きい。あれは間違いなく、手土産でしかも、甘いやつだ。

「実は近くまで来たものだから、挨拶だけでもと思って」と、山本が目を細める。

「栞が祥子ちゃんにたくさんお洋服をもらったでしょ。気に入ってよく着ているのよ」

美沙に言われて、祥子は照れながら頭を下げた。本当はお気に入りだったので嫌だったのだが、母に「どうせもう着られないでしょ」と怒られた経緯がある。

「それでね、お礼に甘いものを買ってきたの。ここのケーキ、美味しいのよ」

美沙が手土産の話を振ってくれたので、遠慮なく袋を直視する。

「あ、ありがとうございます」と言って受け取り、早速、推測を始めた。このズッシリと重いボリューム感、何ケーキなのか。頭の中は、甘い想像でいっぱいだ。

「みんなでどうぞ」と、山本が白い歯を見せたが、祥子は内心、独り占めしたかった。

「ママに電話しますか?」と、祥子が投げかけると、二人とも一斉に首を振った。

「勝手に押しかけたんだから。祥子ちゃんだってお勉強で忙しいでしょ」

「そうそう。おじさんたち、この後、予定があるから」

祥子はゆっくり頷いた。外に出て、山本の車が走り去るところまで見届ける。リビングに戻ると、すぐ母に電話をかけた。ほどなくつながる。

「ねえ、ママ! さっき、山本さんが来てケーキくれた。祥子のお下がりのお礼だって」

〈あらあ、事前に連絡くれたらよかったのにね〉

「ねえ、ママ、ケーキ食べていい？　だって、私へのお礼だから」

祥子は衝動を抑えきれずに聞いたが、間が空く。母は少し躊躇っているようだ。

〈ダメよ。夕飯の後にみんなで一緒に食べましょ〉

舌打ちをして、「意地悪！」と捨て台詞を残し、電話を切った。ケーキの内容によっては争奪戦になるだろう。祥子は椅子に座ると、袋からゆっくりと箱を取り出す。正方形ではなく、長方形だ。箱を持ち上げて、目を瞑って妄想してみた。

ホールケーキの可能性は消えた。ロールケーキだろうか。だが、重心は均等にかかっている印象もある。鼓動が速まる。テーブルに置き、店のロゴがついたシールを破かないように時間をかけてそっと剝がす。ゆっくりと箱を開ける。その瞬間、甘い匂いが祥子の鼻腔を優しく刺激してきた。そして、「え、やば！」と、思わず声を上げた。

イチゴのショートケーキ、イチゴのミルフィーユ、ベリータルト、レアチーズケーキ、モンブラン、ガトーショコラ、ティラミスと、王道のケーキたちが色とりどりに眩いばかりの輝きを放っている。祥子は生唾を飲み込んで、かつて見たことがないほどにかわいらしいショートケーキを凝視した。これは戦争が起きる……。

計七個のケーキは古谷家の五人分に、夫妻の二人分で計算はピタリとあった。親がいれば間違いなく家に上がるように引き止めただろう。そして、相手が拒否しても、紅茶と一緒にケーキを出しただろう。その時のことを考えて夫妻は計算したはずだ。

その刹那、祥子の心に一つの邪念が湧き起こった。一つ、いや、二つ減らしても、バチは当たらないのではないか。むしろ、それが一家に平和をもたらす気もする。

そもそも、祥子のお下がりがケーキにカタチを変えたのだ。

一度、ショートケーキを取り出してみたが、やはりそのために生じた空間が気になる。配置を調整してみたが、違和感がぬぐえない。お店で買う際、隙間を厚紙で埋める技を見たことがあるが、自分にできるだろうか。いや、敏感な母なら気づくはず……。祥子は丁寧にシールを元通り貼ると、箱にキスをして冷蔵庫に入れた。

時間になったので、自転車で図書館に行き、友人の美和に塾の宿題でわからないところを聞いた。だが、ケーキのことで頭がいっぱいでほとんど上の空だった。つい、ケーキの自慢をしそうになったが踏みとどまる。結局、三時間の予定だったが、二時間で切り上げて家に戻ることにした。両親と弟は夕方四時前には帰ると聞いていた。近所の友達は何人か、いつものように父が車で一緒に送迎するはずだ。

帰り道、妄想が止まらない。家族でケーキをどう分け合うか。祥子の想定では、まず、みんなが一番食べたいものに立候補する。父はティラミスで、兄はモンブラン、弟はガトーショコラか。母とショートケーキで被る可能性が高いが、受験前の娘に譲するだろう。そして、祥子のお下がりがケーキに化けたこと、受験には糖分がより必要になることが認められ、二個目にベリータルトを手にする。甘い考えだろうか。

玄関に入ると、見たことのないスニーカーがあった。新たな客人か。リビングに入ると父と弟がいた。「ねえ、あの靴、誰の？」と聞くと、弟が唇に指を当てた。小声で「噂(うわさ)の玲奈さん」と言って、天井を指している。「え、マジで？」と、祥子は聞き返した。照れ屋の兄が休日に彼女を家に呼ぶとは思ってもみなかった。

二階に上がって部屋に荷物を置いてから、兄の部屋と接する壁に耳を当てた。どんな会話をするのだろう。大音量の音楽が聞こえる。リビングに戻った。母の姿がなく、キッチンに行くと洗い物をしていた。「ねえ、ママ、お兄ちゃんの彼女みた？」と聞くと、「美人さんだったよ」と頰(ほお)を緩めた。「え、私もみたい！」と言うと、「絶対、部屋に入ってくるなよ、だって」と、舌を出した。兄がいかにも言いそうな言葉だ。

「あ、そうだ、ママ、ケーキ見た？」と聞くと、「う、うん。祥子ちゃん、お兄ちゃんたちに……」と返ってきたので、「ダメ！　祥子のケーキ」と即座に拒絶した。

だが、祥子は嫌な予感から、胸騒ぎがした。すぐに冷蔵庫に手を伸ばした。ドアを開くと、ケーキの箱のシールが無惨にこじ開けられている。恐る恐る、箱を取り出した。随分と軽くなっている印象を受ける。蓋を開けた。

すると、ケーキ二つ分がぽっかりと空いているではないか！　しかも、祥子が狙っていたショートケーキがない。消えたもう一つはガトーショコラだ。

「そんなバカな……」と蚊の鳴くような声が漏れた。頭に血が上っていくのがわかった。祥子に相談する前に、すでに食べているではないか。母の言葉が白々しい。

「ちょっと、ママ、なんで⁉　勝手に食べるなって言ったのはママでしょ！」

「だって、しょうがないでしょ。祥子はいつだって、自分のことばっかり！」

あろうことが、母が開き直って逆ギレを始めたので祥子は開いた口が塞がらない。

するると、騒ぎを聞きつけて、父がキッチンにやってきた。「どうした？」と、首を傾げる。祥子は「パパ、聞いてよ！　涼も！」と叫んだ。仲間を増やそうと弟も呼んだが、リビングにいた弟はいつの間にか消えていた。やり場のない怒りが再燃する。

不意に祥子の目から涙がこぼれ落ちてきた。シャツで涙を拭う。

「山本さんが、私の、お下がりのお礼だって、ケーキを持ってきてくれたの！　最初は七個あって、ママが、夕ご飯の後にみんなで食べるから食べちゃダメって言ったくせに、ショートケーキと、ガトーショコラが消えたの！」

祥子は父に向かって母の非道を訴えるように怒りをぶつけた。すると、父が何かを悟ったような様子で天を仰いだ。祥子は涙が止まらず、大きく深呼吸する。

「私だって、美和ちゃんと一緒に食べたかったのに、ママに言われたから、我慢したんだからね！」

祥子の声が裏返った。また、涙が溢れる。祥子は悪びれる様子もない母に向かって「ウソつき！」と声を張り上げると、リビングを出て、階段を駆け上り、自分の部屋に飛び込んだ。少しでも怒りが伝わるように目一杯ドアを閉める音を出した。

「え、なに⁉」と、隣の部屋から聞こえたが知らない。兄も彼女も嫌いだ。

ベッドに倒れ込む。するとほどなく、ドアをノックする音が聞こえた。きっと母だろう。一旦、無視をする。だが、再び聞こえて、「お姉ちゃん、入るね」と弟の声が聞こえた。ガチャリと音がして、弟がケーキの箱を手にして入ってきた。

「涼、どうしたの？」と聞くと、弟はいじけた様子だ。

「お姉ちゃん、ごめん……。ケーキを食べたの、実はボクなんだ」

「え、ウソでしょ⁉」と、祥子は聞き返していた。頭に血が上り、勘違いしてしまったのだ。冷静に考えれば、確かに兄の好きなモンブランは残っていた。

「さっきお姉ちゃんが帰ってくる前、ママが瑛美ちゃんにケーキがある話をしたらうちに来たんだ……」

そんなずるい誘い方があるのかと、祥子は母の驚くべき仕業に感心していた。

「そ、そうだったんだ。それは仕方ないね。よかったじゃん」と、励ました。弟が瑛美のことを好きなのは知っている。愛嬌もあり、祥子もファンだと言って過言ではない。両親もそのことを知っているから、応援したかったのだろう。すると、弟が目を細めた。瑛美の笑顔を前に、さぞかし幸せな瞬間だったことだろう。

「パパもママもケーキ、いらないって。だから、好きなやつをとったら、お兄ちゃんと玲奈さんに差し入れしてあげてって……」

痛み分けってわけか。祥子は「まあ、仕方ないか」と、あえてため息を漏らしたが、結局、三個食べられるなら悪い話ではない。ここは母も弟も許してあげるべきだろう。

「そっか、瑛美ちゃんがショートケーキを食べたのか。それならわかる」

祥子はもう怒ってはいないことを表現するため、優しさを意識して声をかけた。

「ご、ごめん、瑛美ちゃんは、ガトーショコラが食べたいっていうから、ショートケーキは、ボクが食べたんだ……」

「え、涼が?」と、祥子は思わず聞き返していた。意外な選択だったのだ。

「うん、ボクも本当はショートケーキが大好きなんだ……」

どこか腑に落ちるところがあった。きっと、いつも自己中な祥子に遠慮していたのだろう。母の言葉が蘇る。すると、急に自分が大人げない人間のように思えてきた。

「じゃあ、しょうがない。涼、特別にもう一個だけ選んでいいよ」

祥子が片目をつぶると、弟が「え、いいの？」と言って目を輝かせた。

「私たちが二個食べたことは、お兄ちゃんには内緒だからね」

祥子は唇に右手の人差し指を当て、弟の頭を左手で撫でながら囁いた。

ガジャルハルワ　咲乃月音

手に入ってよかった。お正月前にはあんなによう見かけてた京人参（きょうにんじん）が今日はどこのスーパーでも見当たらへんかった。ほうぼうお店を五軒も廻（まわ）ってやっと見つけた。普通の人参より京人参のほうがインドの人参に近いっていうのはマドが教えてくれた。そう聞かされたときにはもうマドに恋してたあたしは、自分の生まれ育った京都とマドが生まれ育ったインドという国の繋（つな）がりを見つけたような気がして嬉（うれ）しかった。そんな他人（ひと）が聞いたら笑うような些細（ささい）なことに胸を幸せで膨らませてたあたしのことをマドも好きだとある日聞かされて、それからもずっと、あたしの幸せな気持ちは、マドと一緒にいると膨らんでくばっかりで、気いついたら、あたしの中はマドですっかりいっぱいになってた。

うまいこと出来ますように。丁寧に洗われて、しっとりと紅（あか）い京人参を祈る気持ちで手に取る。おろし金で皮のついたまましゃりしゃりとすりおろすその音が窓際のソファでこちらに背を向けて眠ってる人の邪魔にならへんかと、時々、手を止めてうかごうてみるけど、その背中はピクリとも動かへん。そろりそろりと気を遣いながらすった五本の京人参がようやく瑞々（みずみず）しい紅色の小山になった。フライパンを温めてインドのバターオイル、ギーを入れる。それがとろりと金色に溶け出したところにすった人参を入れる。人参の青い匂いがギーの濃密な香ばしさに包まれてく。焦がさへんようにと弱火でじっくりと人参を炒め始める。シンプルやけど時間と根気がいる作業。コツは食べる人の笑顔を思い浮かべて作ること、そうしたら人参がもっとずっと甘くなる——この人参で作るインドのデザート、ガジャルハルワを初めてマドがあたしに作ってくれたとき、そう言うてニッコリしたマドの優しい目にあたしの胸には食べる前から甘さが広がった。

これを食べたら笑うてくれるやろか。ソファで眠ってる人の背中にまた目をやる。初めて顔を合わせてからもう五日になるけど、まだその笑顔があたしに向けられたことはない。かくんと気持ちが落ちかけた自分に、いらんこと考えたらアカン、手元がお留守になってしまうと言い聞かせながら、またフライパンに気持ちを戻す。じっくりと炒められてツヤツヤとした光を纏い始めた人参から甘い香りが漂いだした。そこへ、そろそろとミルクを注ぐ。大きくかき回しながらちょっと火を強める。ミルクが沸いてくるまでは、ゆっくりゆったりと手を動かす。

マドは六人兄弟の末っ子やった。しかも他の兄姉からはだいぶ歳が離れてて、お父さんとお母さんだけじゃなくて、兄さん姉さん達も僕を自分達のベビーみたいに扱うんだ——と、口をとんがらせながらも、その目は笑うてて、相手の懐に自然に入っていけて、つい甘やかしたくなるようなマドの愛嬌（あいきょう）のある無邪気さはそんな風に家族みんなの愛を受けて育ってきたからなんやなって思うた。そんなマドが得意の日本語を活（い）かして日本で働いてみたいと言いだしたとき、家族みんなが猛反対した。マドのお母さんはショックで寝込んでしもうた。それでもマドの日本に行きたいという強い思いは変わらず、一年かけて家族を説き伏せて日本に来た。そしてあたしと出会（でお）うた。

「インドの人との恋愛は難儀やで」

　マドと付き合いだしたことを報告したら、インド通の親友は顔を曇らせた。インド人同士でも家族が決めた人としか結婚できへんことが未（いま）だにまだまだあって、まして国際結婚なんて絶対にアカンという家庭も多いしと心配そうに言うのに、そんなん結婚なんてまだ付き合いだしたばっかりやのにってあたしは笑って誤魔化したけど、不安な気持ちが心の隅にちいちゃいシミみたいにポツリと残った。そしてそれからマドのことを好きな思いがどんどん大きくなってくのと一緒に、そのシミはじわりじわりとあたしの気持ちの中で広がってってって。マドはそれに気いついてたんやと思う。

「家族にリミのこと話したよ。日本で大切に思う恋人ができたって」

　初めてのデートで来てから二人のお気に入りになった鴨川（かもがわ）デルタの飛び石を川辺で眺めてたら、川の流れに目をやったままでマドがそう言うた。

「僕はリミのこと、ちゃんと好きだから」だからずっと一緒にいたいと思ってると、マドが真っ直ぐな目をあたしに向けた。嬉しさで胸がつまりそうになった。あたしの中でもやもやしてた不安が一瞬消しとんだ。けど、そう、それはほんの一瞬で。

「みんな何て言うてはった？」というあたしの問いかけに、うんと返事にならない返事をしてマドの目はまた川へと戻された。何でも真っ直ぐに口にするマドやのにその横顔は惑うてて。消しとんだと思うた不安がまたもやもやと湧いてきた。

フライパンの中でふつりふつりと泡が立ち始めた。少し火を弱めてかき混ぜながら更にコトコトと煮る。混ぜても混ぜてもふつふつと沸いてくる泡。マドのお母さんの心の中はこんな感じなんかな——思いながら、ソファに横たわるその姿をうかがう。

日本どころか、インドからどこへも出たこともないというマドのお母さんが、一緒の将来を考えてる日本人の恋人ができたという末息子の爆弾発言に、他の家族が止めるのも聞かずにひとりで飛んできた。空港で出迎えたマドを見るやいなや抱きついてわんわんと泣きだした。どんな風にご挨拶したらと考えあぐねて、ちょっと離れたところでとりあえず様子をうかがおうとしてたあたしは、その愛情と熱量の想像してた以上の強さを目の当たりにして途方に暮れた。どんな風にも声のかけようがないように思えて。身の置き所がない気分で立ち尽くすあたしをマドが指さした。マドのお母さんがこっちを見る。あっと思う。マドとそっくりの大きな黒目がちの瞳。けど、そっくりのその瞳から送られてくるのはビリビリと火花が散りそうな視線で。いたたまれずペコリと下げた頭をあたしはしばらく上げられへんかった。

フライパンの中身はずいぶん水分がとんで、混ぜる手にもったりとした感触が伝わってくる。お母さんはパウダーより実のほうが好きだからとマドが見つけてきたカルダモンを指でつぶしながらフライパンの中に加える。すうっと鼻にぬけるような涼やかな香りが立つ。スパイスの女王とも呼ばれるその匂いが眠っているマドのお母さんの意識の扉をノックしたんか、ううんとちいちゃな唸(うな)り声と一緒にお母さんがゆっくりと身を起こした。ぼんやりと辺りを見回した目があたしを捉えた途端。どこだかわからないといった感じだった表情がきゅっと引き締まる。

マドのお母さんは五日もの間、ほとんど何にも食べてへんかった。日本料理は全く、ここなら本場の味に近いよとマドが連れていったインド料理のお店でも出てきたもんをほんの少し口にするだけで。笑顔を見せたのも空港に着いたときだけで、お母さんをどうにかして喜ばせようとマドもあたしもだいぶんがんばってみたけど、その表情は和らぐことなく、ずっと怒ったような泣きだしそうな悲しい顔をしてた。そして昨日の晩、とうとう倒れてしもうた。ずっとほとんど食事をとってないこともあったけど、業を煮やしたマドが言うてしもうたから。もうすぐ孫ができるんだから元気でいてもらわないと困る——って。

ソファの上に半分身を起こして、探るようにあたしをじっと見るマドのお母さんに、ガジャルハルワを作っていますと英語で言ってできるだけの笑顔を作ってみる。やっぱり表情は動かへん。フライパンからじゅうっと音がした。あ、焦げてしまう。慌てて気持ちをフライパンに戻す。煮詰まってもうほとんど水分は無くなってるところへ黒蜂蜜(くろはちみつ)をとろりと加える。うちでは砂糖でなくて黒蜂蜜なんだとこれもマドから教わった。このちいちゃな瓶詰めの黒蜂蜜はマドのお母さんが日本に旅立つマドに持たせてくれたもの。その黒蜂蜜がくるくると深い琥珀色(こはくいろ)の輪を描きながら混ざってくにつれ、人参がもっちりとしてくる。黒蜂蜜が混ざりきったところで火を止めて、レーズンを入れてさっくり混ぜて、できた——、嬉しくて思わずちいちゃくつぶやく。ドキドキしながら味見してみる。口の中にじんわりと広がる優しい甘さ。気持ちがほっとして思わず微笑(ほほえ)んでしまうこの味。けど……と思う。うまくできたかなと思うけど、マドが作ってくれたガジャルハルワとはちょっと違う。

ガジャルハルワはお母さんの愛の味なんだってマドは言うてた。人参嫌いやったマドがお母さんが作るガジャルハルワだけは大好きで毎日のようにおやつにねだってたって。おやつにだけやなくて病気になったときにも台所から聞こえるコトコトとガジャルハルワを作る音とその匂いに気持ちがいっぺんに安らいだって。ちょっとでもマドのお母さん、気持ちが和らいでくれたら——思いながら小鉢にほかほかのガジャルハルワをよそい、仕上げにスライスアーモンドを散らしてたところへ、マドが帰ってくる気配がした。泊まりの出張の予定を日帰りに変えたマドが冷えた外の空気と一緒にせわしなく部屋に入ってきた。

「お母さん、具合はどう?」ただいまより前にお母さんの元に駆け寄って手を握りながら顔を覗き込んだマドにお母さんの顔がちょっと緩んだかと思うたらそのマドそっくりの大きな目からはらはらと涙がこぼれだした。そんなお母さんをマドが抱き寄せたら、お母さんのお腹が漫画みたいにグゥとなった。

「ほら、食べてみて」テーブルの上のガジャルハルワをしばらく思案げに見てたマドのお母さんが、マドにそう促されてようやくスプンを手に取りガジャルハルワをちょっとだけすくって口に運んだ。その目の表情が少し和んだのにあたしの中で期待がふくらんだけど、「うちの味じゃない」一言そう言うてお母さんはカチャリとスプンを置いた。やっぱり――、しぼんだあたしの隣りでマドが座りなおした。

「お母さん。これからはこれがうちの、僕とリミの家の味になっていくんだ」

凛(りん)としたマドの声の真剣な響きにお母さんがはっとした顔になる。

「お母さんのガジャルハルワにはお母さんの愛がいっぱい入ってて、それは僕をいつも幸せにしてくれた。今度は僕が僕達の子供にそれを受け継がせたい。お母さんがくれた愛を僕らの子供に。家族はそうしてずっと愛で繋がってくって、そう僕に教えてくれたのはお母さんでしょう？」

マドのその言葉にお母さんの目からはまたポロポロと涙がこぼれだし、今度はすぐには止まらへんかった。テーブルの上のガジャルハルワからはまだほかほかと湯気が立ってた。

「おやつできたよー」

あたしの声に息子のクリがとんできた。あれから何べん作ったかわからへんガジャルハルワ。もうすっかりこれがあたしの味と言えるものが作れるようになって、マドのお母さんにもほめてもらえるようにさえなった。

ママのガジャルハルワ大好きと、マドとマドのお母さんそっくりの大きな瞳をキラキラさせるクリにあたしは目を細める。繋がってる愛が嬉しくてまぶしくて。

コーヒーが飲めない僕だけど　一色さゆり

黒茶色の熱い液体を口に含んで、眉間にしわが寄りそうになるのを、僕は必死にこらえた。じわりと分泌される唾も、その強い酸っぱさと苦味を打ち消すには、まったく役に立たない。

社内用に百均で間に合わせたマグカップを睨みながら、僕はこんなにまずい飲みものを、どうして好む人が多いのだろうと首を傾げる。同時に、会議にはコーヒーを片手に臨むという社内の空気に、なんとなく従ってしまう自分の主体性のなさが情けなくもなった。

窓の外を見ると、日が短くなっていく時季の枯れた色調が、自分の憂鬱さを表すようだった。となりが空き地になっているので見晴らしがよく、はじめてこのミーティング室に入ったときは、都会の桜を楽しむ余裕もあったのに、あっというまに半年が経ってしまった。

「もしかして、ブラック苦手なの？」

見られていないと思っていたのに、大きな机をはさんでパソコンに向かっていた鷹田さんが、顔を上げずにそう指摘した。僕はコーヒーをこぼしそうになる。

「いえ、そんなことはありません」

「本当に？」

鷹田さんは画面から目を離し、怪訝そうにこちらを見た。

視線を泳がせていると、頬杖(ほおづえ)をつきながら「あのさ」と言う。

「ついでに言っておくけど、強がってないで、できないことはできない、わからないことはわからないって正直に質問した方がいいよ。勇気がいるかもだけど、こっちはできるふりされるのが一番困るんだから」

「……すみません」

社員数百人ほどの、商業施設や展示会の施工を行うこの会社に入社してからの半年間、さまざまな先輩と知り合ったけれど、わけても苦手なのが、この鷹田さんという女性の課長だった。

彼女とは、たった十歳しか離れていないとは思えない。

一ヵ月ほど前、前にも注意されたミスをくり返し、取引先に迷惑をかけてしまったとき、鷹田さんは他の社員の前で僕を派手に叱(しか)った。勝ち気で怒りっぽく、この人がいるだけでオフィスに緊張感がもたらされる。

いつもひとつに束ねた黒髪は、一本たりとも後れ毛がなく、すべての髪をまとめなければ気が済まないという几帳面(きちょうめん)さが伝わる。声は大きくはないが、低音のハスキーボイスには、相手に有無を言わせぬ迫力があった。僕の同期からも、プライドが高そうだとか、完璧すぎて近寄りがたいだとか畏れられている。

おどおどと周囲の空気ばかり読んでいる僕は、彼女の前にいるだけで萎縮した。とくに女性であるという点も、無意識のうちに僕を緊張させる。中高ともに男子校育ちで姉妹もいないので、女性と接するのは得意ではないうえに、どうも嫌われているというか、いつも品定めされている気がするのだった。

そもそも鷹田さんのような優秀な人は、最初から優秀だったに決まっている。僕のような不器用な人間の葛藤（かっとう）など、てんで理解できないのだろう。そんな劣等感が、鷹田さんへの苦手意識をさらに育てていた。

こちらの本心を悟ってか、鷹田さんは不機嫌そうにつづける。

「私が言ったことも、ちゃんとメモとってる？　言われたことしかできないと、繁忙期はついていけなくなるよ」

「すみません、一応、メモはとっているんですが」

「言い訳はしなくていい」

ぴしゃりと返ってくる。

鷹田さんはパソコンの作業を再開させるが、僕は気まずい沈黙をつい埋めようとしてしまう。

「あの、他のお二人、呼んできましょうか」

「もう連絡した。二人とも前の打ち合わせが押してるから待っててほしいって」

提案するのが遅い――そんな心の声が聞こえてきそうだった。

雑談を諦めて自分のパソコンを開こうとしたとき、ふと、手元にあった饅頭(まんじゅう)が目に入る。この部屋に来る途中で、別の社員から手渡された旅行のお土産だった。こんなときに饅頭を食べるのもどうか。しかもコーヒーに饅頭って合わなそうだ。躊躇(ちゅうちょ)しつつ、ランチを食べそびれたのを思い出し、つい手が伸びる。

丸みをおびた饅頭が、うすい透明のフィルムで包装されていた。とくに銘柄などは書かれていないが、直径五センチほどの小ささの割に重みを感じるので、ぎっしりと餡子(あんこ)のつまった薄皮(うすかわ)饅頭だろう。

こういうの、母さんの実家に帰るたびに、ばあちゃんが出してくれたな——。

祖母は、自分でほとんど消費しないのに、子どもや孫たちに配るために、たくさんの食材を生協(せいきょう)で注文するのが生きがいだった。なかでも常備していたのが、こんな茶色い饅頭だった。

しかしその頃、僕はチョコレートだとかポテトチップスだとか、わかりやすい味のポップなお菓子ばかりを好んで、この甘さ控えめで、もさっとした食感の饅頭の魅力はよくわからなかった。野暮ったい、という古臭くて冴(さ)えない形容詞が、これほどぴったりのお菓子はないだろう。

底の方からそっとフィルムをはがすと、小麦色の皮があらわになる。しっとりした手ざわりで、つややかな光沢がある。僕は凹凸やしわひとつない滑らかな皮を、そっと一口かじった。

　皮に混ぜ込まれた黒糖の風味が、ふんわりと口のなかに広がる。また、豆の食感をかすかに残したこし餡が、舌のうえで雪のように溶けた。香りのつぎにやってきたのは、ちょうどいい甘さだった。

　脂っこさや甘ったるさは一切なく、シンプルな材料でつくられていることが、どこか伝わるような素朴な味。こんなに奥深く、優しい味だったっけ。今までの記憶とまったく違ったので、僕は目を見開いた。

　ふと、直前に飲んでいたコーヒーが目に入り、息を呑(の)む。

　そうか、コーヒーの渋さが、饅頭の飾りけのない甘さを、絶妙に引き立ててくれたのだ。

　僕はまだ温かいマグカップを手にとって、コーヒーを口に含んだ。香ばしさが湯気となって鼻孔をくすぐる。停滞していた糖分が、苦さや酸味と天秤(てんびん)にかけられるように調和され、絶妙な余韻へと生まれ変わる。

　おいしい――。

　ミルクも砂糖も入れていないのに、こんなに抵抗感なく、純粋な喜びをもって楽しめるのは、生まれてはじめての経験だった。どちらも苦手で敬遠していたのに、組み合わせた瞬間にこれほど引き立て合うなんて。

ささくれだっていた心から邪念が消えたとき、祖母の声が響いた。

――いずれ成長すれば、このお饅頭のよさに気がつくかもしれないよ。

記憶の片隅に、何気なく残っていた祖母の予言が、時を超えて、僕の心に沁(し)みわたる。不覚にも泣きそうになった。もう亡くなった祖母が、大人になった僕を、今も励ましてくれているような気がしたからだ。

僕は食べかけの薄皮饅頭を、フィルムで丁寧に包みなおし、ポケットに入れた。その重さは、お守りのような不思議な存在感を持っていた。

「あの、鷹田さん」

「なに？」と、苛立(いらだ)ったような返事が戻ってくる。

「今回の案件、先方との打ち合わせに行く際、僕も同行させてもらえませんか？　鷹田さんのおっしゃる通り、わからないことだらけでまた失敗するかもしれませんが、少しでも先輩たちの働きぶりを見て、勉強させてもらいたいんです」

やっと顔を上げた鷹田さんが、じっとこちらを見つめてくる。

「どうしたの、急に」

「いえ」と頭に手をやって、僕は正直に答える。「いただいたお饅頭が、コーヒーによく合って」

「は？　なにそれ」

鷹田さんは笑った。いつになく屈託のない笑顔に背中を押され、僕は思い切って打ち明ける。

「さきほどのご指摘は正しいです。僕、ブラックコーヒーがどうも苦手なんです。でも今食べたこのお饅頭となら、はじめておいしく感じました。むしろ昔は、こういうお饅頭のよさだってわからなかったのに、不思議でなりません」

僕がいきなりおかしな話をしたのに、意外にも、鷹田さんは嫌そうな反応を見せることもなく、真顔で見返したあと、おもむろにパソコンを閉じて深呼吸し、しみじみと肯いた。

「じつは私もさ、ずっとブラックが苦手だったんだけど、意外にも羊羹を一緒に食べたのをきっかけに、コーヒー党になったんだよね。ていうか、コーヒーってそういう相乗効果の妙みたいなところが、一番の楽しみ方じゃない？　しかも、合わなそうなお菓子ほど、合うと嬉しいっていう」

饒舌になった鷹田さんに、すかさず訊ねる。

「鷹田さんも、ブラックが苦手だったんですか？」

興奮のあまり声がうわずり、どもってしまう。

「そんなの、最初から好きな人なんていないでしょ？　子どもの頃は大多数が飲めないわけだし。みんな大人になってから、なにかのきっかけで好きになるんだよ」

鷹田さんはふたたびパソコンを開けて画面に視線を落とす。気まずいが、それまでの居心地の悪さはなくなっていた。数秒後、キーボードを打つ手を止めて、独り言のように鷹田さんは呟く。

「だからさ、失敗を恐れず、がむしゃらに試してみなよ。トライ・アンド・エラーだって、そんなに悪くないんだから」

ぶっきらぼうな声色は、いつもと変わらない。でもその励まし方は、誰よりも器用で非の打ちどころのない人だと思い込んでいた僕の鷹田さんへのイメージを、百八十度変えた。

やがて他の社員たちが、ミーティング室に慌ただしく入ってきて、ようやく打ち合わせがはじまった。僕は気持ちを新たに、席に座りなおす。空気ばかり読まずに、わからないところはその場で質問し、つぶさにメモをとろう。一杯のコーヒーと薄皮饅頭が、僕を生まれ変わらせてくれたのだから。

大人になるってそういうこと

辻堂ゆめ

「最近、ママの様子がおかしい」

玲兄が突然切り出したのは、僕ら三人兄弟が布団に並んで寝そべり、ママが子ども部屋の電気を消して出ていった直後のことだった。

「おかしいって？」蒼兄がのんびりと尋ねる。

「髪の毛も顔も、いつもと同じだったよ！」

僕の声が大きかったのか、玲兄が「しっ、静かに」と歯の間から鋭く息を漏らした。

ここは家の二階で、ママはもう一階のリビングに戻っているはずだから、僕らの話し声は絶対に聞こえない。とは思うのだけれど、八歳の玲兄はとても慎重だ。

「見た目や声の話じゃないんだ。何か、隠し事をしてるみたいなんだよ」

「隠し事ぉ？」蒼兄と僕の声が、同時に裏返る。

「ママがリビングに一人でいるときに、俺がいきなり入っていこうとすると、ガサゴソ音がするんだ。勢いよく、なんだかすごく慌ててるみたいに。どうしたのかなぁと思ってママの手元を見るんだけど、そのときにはもう何も持ってないか、両手を背中に回してる。で、その後はしばらく目も合わせてくれなくなるんだ」

「それは、変だねぇ」

「明日、ケンショーしてみようぜ」

「ケンショーって？」

「ママを観察して、本当に隠し事をしてるのかどうか確かめるってこと」

「ラジャー」

「らじゃぁ」


次の日は土曜日だった。パパは仕事で、ママと僕ら三人兄弟だけが家にいる日だ。

玲兄のアイディアで、僕らは戦隊ヒーローごっこをやっていることにした。お昼ご飯を食べた後、まずはママを油断させるため、二階の子ども部屋で長々と遊ぶ。それから足音を立てないよう、階段にお尻をつけながらゆっくりと一階に下りていった。

「怪人が出た！　あっちだ！」

玲兄の威勢のいい掛け声を合図に、三人一斉に雄叫(おたけ)びを上げながらリビングのドアを開ける。

ガサガサッ、という大きな音が、キッチンのほうで聞こえた。

それなのに、ママの姿が見えない。

「あれぇ、ママ、どこ？」

思わず緑レンジャーになりきるのを忘れてリビングを見回すと、玲兄に肩を小突かれた。同時に、ダイニングテーブルの向こうにママの上半身がにゅっと現れた。キッチンの戸棚の陰にしゃがみ込んでいたようだ。

びっくりしてママを見つめると、すぐに目を逸らされてしまった。さっき確かに音がしたはずなのに、腰に当てているママの両手は空っぽだった。テーブルの上にあるのはティッシュボックスとマグカップだけ。僕らに見られたくないものがあって、それを慌ててどこかに隠したのだ――と分かった途端、胸が急にドキドキし始めた。

「ああ、もうおやつの時間ね。手、洗ってきて」

ママが壁の時計をちらりと見て、洗面所の方向を指す。それから忙しそうに戸棚を開けて、お菓子の袋を出し始めた。わぁい、と僕らは手を洗いに走る。

両手を石鹸で綺麗にした僕らは、競うようにしてダイニングテーブルについた。僕が目の前の豆乳ビスケットの袋に手を伸ばそうとすると、ママの厳しい声が飛ぶ。

「ああダメ、ちゃんとお皿に出してからにして！」

ママはため息をつきながら三人分のコップに牛乳を用意し、食器棚から白いお皿を三枚出してきた。ママが豆乳ビスケットの袋を開ける横で、俺も手伝うよ、と玲兄が蕎麦ぼうろの袋の口についている輪ゴムを外し始める。だけど、いざ中身をお皿にあけようとすると、ママの手が伸びてきて、さっと袋を取り上げられてしまった。

「玲はいつも多めに出すでしょ」

「……バレた？」

「ダメよ、お菓子は食べすぎちゃ。身体に悪いし、太るし、夕飯も入らなくなるし、いいことなんて何もないの。だから決められた量しか出せないのよ」

誰が決めてるの、と蒼兄が間延びした声で尋ねると、エイヨウシさん、という答えが返ってきた。変な名前。ママの友達かしら。

そのエイヨウシさんのせいで、僕の豆乳ビスケットや蕎麦ぼうろはいつも、兄ちゃんたちより何枚か少ない。何度も文句を言ったことはあるけれど、小学生と保育園児では「決められた量」が違うのだという。あー、だったら早く小学生になりたいよ。

「パパはたまに、出張のお土産にチョコやポテトチップを買ってきてくれるのになぁ」

「優しいパパと厳しいママ、どっちが本当にあなたたちのことを考えてると思う？」

「パパぁ？」

「ママです」

僕の回答をぴしゃりと撥ね退けると、ママはお菓子の袋を戸棚に片付けてしまった。ビスケットとぼうろが入ったお皿が、僕ら三兄弟の前に残される。

身体にいいお菓子を選んで買っているのだとママは言うけれど、全部同じ色で、同じような味がして、ちょっと物足りない。パパのほうのおじいちゃんちや、友達の家でなら、チョコやアイスやポテトチップが食べられるのにな。

といっても、おやつの時間はやっぱり最高だ。

ほんのり甘くてサクサクしているビスケットをほおばると、身体中に幸せが染みわたっていった。僕は毎日、おやつのために生きている。——絶対、そんな気がする。

「ほら、変だったろ？」

「……何が？」

「ママだよ！　さっき三人でケンショーしたじゃんか」

玲兄が口を尖らせた。その顔を見て、おやつを食べる前の出来事を思い出す。

「確かに音はしたけどね」と蒼兄が首をひねった。「キッチンの片付けをしてただけじゃないのかなぁ。だって、その後はいつものママだったよ。ちゃんとおやつもくれたし、今日はちょっとだけ量が多くてラッキーだったし」

「それがおかしいんだって。お菓子は身体によくないって話をしてたところだったのに、わざわざ多めに入れてくれるなんてさ。絶対、ヤマシイことがあるんだよ」

「ヤマシイって？」

「気まずい……みたいな。そういう感じだったかな。たぶん」

ちゃんと意味の分かっていない言葉をつい使ってしまったようだ。玲兄は恥ずかしそうに鼻の頭を掻いた。

「とにかく、ママが隠し事をしてるのは確定だ。さっきだって、おやつの時間にはまだ早かったのに、慌てて俺らを洗面所に追い払おうとしてたし……それに、テーブルの上に飲みかけのマグカップがあったってことは、俺らがリビングに入る直前までそこに座ってたはずなんだよ。俺らが突然入ってきたのにびっくりして、立ち上がって何かを隠したんだ」

「わぁ、ヤマシイねぇ」

「でも」と蒼兄が小さく首を傾げた。「ママは、何を隠してるんだろう？」

「実はパパの転勤が決まってて、俺らの転校の書類を書いてるとか？」

「ええっ、嫌だぁ」

「ってわけで、蒼、晴。もう一度、ケンショーしようぜ！」

子どもはとっくに寝静まった——と大人は思い込んでいるはずの、その日の夜遅く。パパはまだ仕事から帰ってきていない。黄色い明かりの漏れるドアの前で、玲兄が無言で指を折る。三、二、一。

僕らは一斉に、リビングに飛び込んだ。

ママが大きな悲鳴を上げ、椅子に座ったまま仰け反った。侵入してきたのが僕らだと分かると、慌てた様子でダイニングテーブルに覆いかぶさろうとする。

でも遅かった。そこに置かれていたものを、僕らはばっちり目にしてしまった。

「……ポテトチップ？」

蒼兄が呆気(あっけ)に取られた声で言う。ママの手が触れると、天井の光を受けて煌(きら)めく銀色の袋は、ガサガサという聞き覚えのある音を立てた。

「ひどい！　ひどいよ！　僕たちにはくれないのに！」

「ママが食べてるなら、俺らだって食べてもいいよねぇ」

「身体にいいはずだもんねぇ」

「ちょっと、違うの、これはね——あっ、ダメっ、晴っ！」

ママが袋を片付けてしまう前にと、僕は急いで手を伸ばし、ポテトチップを一枚つかみ取って口に押し込んだ——と、思ったのに。

勢いよく嚙(か)んだ瞬間、想像もしていなかった強烈な味が、口の中に広がった。

「……うえぇっ、何これぇ⁉」

「た、沢庵(たくあん)よ！」と、ママが真っ赤な顔をして言った。「あのね、身体が成長する子どものうちは毎日いいものを食べないといけないって、ママもちっちゃい頃からおばあちゃんに言われてて……だから大人になったらポテトチップやチョコも好きなだけ食べられるかなって、それがほら、ずっと夢で……だけどあなたたちの手前、そんなことをするわけにもいかないでしょう、だから最近になって——」

「ポテトチップの袋に沢庵を入れて、気分だけ味わってたってことぉ⁉」

素(す)っ頓狂(とんきょう)な声を上げた玲兄が、「確かに、『西日本限定』って書いてある！」と袋を見て頭を抱えた。先月パパが買ってきた大阪出張のお土産だ、と気づく。ママはその空き袋を大事に取っておいて、〝大人のお菓子タイム〟を一人で楽しんでいたのだ。

あはは、と玲兄が笑い始めた。蒼兄と僕も。お腹がよじれて、痛くて、また笑う。

「なーんだ。お菓子をいっぱい食べるのが夢なんて、ママも俺らと一緒じゃーん！」

「でもねぇ、沢庵だなんてねぇ」

「ひどいよママぁ！　ひどい罠だよ！　ポテトチップを食べててほしかったよぉ」

まったくひどいのはどっちかしら、と顔を赤らめているママがつられたように笑い、僕が口から取り出した食べかけの沢庵をティッシュにくるんでくれた。沢庵はお腹の健康にいいのだという。ママがコップに注いでくれた麦茶を、僕は急いで飲み干した。

「ねえ」と玲兄がママを見上げる。「俺も……蒼も晴もさ、みんな分かってるよ、ママはいつも、子どものことを一番に考えてくれてるんだって。だから……別にいいんだよ。ママは俺らと違って、もう大人なんだしさ。たまには本物のポテトチップくらい食べて、そろそろ〝夢〟を叶えたって」

「大人をからかうんじゃありません」

ママはぴしゃりと言い、僕らをリビングの外に追い払った。

ドアを閉める直前、僕は見た。何かから解放されたかのようなほっとした笑みを浮かべ、ポテトチップスの袋を指先で優しく撫でている、ちょっぴり可愛いママの姿を。

はかりことようなし　城山真一

珍しく天気がいい上に正月だからか、通りは行きかう人であふれている。

明治になって三十年が過ぎ、金沢でも洋装の人々が目につくようになった。

八百屋の二郎は初詣に行くために浅野川沿いの道を歩いていた。隣を歩くのは同じ長屋に住む和楽器職人の娘、フミだ。二つ下のフミは二十一歳。二郎とは幼なじみで、二十歳を過ぎても兄と妹のような気やすい間柄だった。

「二郎ちゃん、昨日まで何してたの」

「することねえし、寝てた」

「相変わらずね。いい人でもいないの？」

ふふっと笑うフミに、「おまえもおんなじだろ」と二郎は返した。

屋根の大きな神社、久保市乙剣宮が見えてきた。境内は参拝客で賑わっている。

二人は賽銭を入れて手を叩いた。

「これからどうする」とフミ。そうだなあと二郎はあごに手を添えた。

「行くとこもないし、とりあえず竹雄の店でも行くか」

竹雄は茶屋街の近くにある和菓子屋の次男だ。竹雄も長屋暮らしで二郎やフミとも顔なじみである。今は、浅野川沿いの通りに開いた甘味処で店主をしている。

「じゃあ、そうしようか」フミは二郎の前をすたすたと歩き出す。

その背中を見ながら、まずは、うまくいったと二郎は小さく息を吐いた。

暗がり坂を下りて細い路地を通り抜けた。表通りに出てしばし歩くと、赤地に白で染め抜かれた「甘味処たけ屋」ののれんが見えてきた。

店内は混み合っていた。人気のテーブル席が一つだけ空いていたので、二人はそこに座った。竹雄が忙しそうに仕事をしている。

何にします、と女中がテーブルのそばに立った。この季節、ぜんざい、といいたいところだが、今日の二郎は、「加賀棒茶をください」と告げた。

フミは、すぐに決まらないのか、お品書きに見入っている。

よし、俺から提案だ。せっかく正月なんだし——用意していた言葉を口にしようとしたとき、隣のテーブルがどっと沸いた。見ると、若い女たちが盛り上がっている。化粧も飾りもしていないが髪の結いかたで芸妓だとわかる。

女たちは指先で小さな紙をつまんで、わあ、とか、もう、と声を上げていた。

「あら、辻占ね」フミが隣のテーブルに目をやりながらいった。

辻占というのは小ぶりな花を思わせる正月の菓子である。三片の花びらのついた花をかたどっており、色は白だけでなく、赤、黄、緑と様々だ。一見、ころりと硬い飴菓子のようだが、噛むと弾力があって、くしゅりとした歯ごたえと同時に上品な甘さが舌に染みわたる。

この辻占の特徴は、なかにおみくじが入っていることだ。食べる際は、菓子を割ってなかからおみくじを取り出したあとに口にするのが習わしである。若い芸妓たちに人気があるのは、おみくじの内容が色恋に関するものだからだ。今騒いでいたのも、おみくじの言葉に一喜一憂していたのだろう。

「そうそう」と思い出したようにフミがいう。「たけ屋の辻占は、おみくじがよく当たるって評判なの。傘屋のキクちゃん、知ってる？　去年、ここで食べた辻占のおみくじに、〈まちびときたる〉って書いてあって、そのあとすぐに婚約したのよ」

「へえ、そうだったのか」と二郎は聞き入るふりをした。

「あのう、そろそろ注文を」女中はまだそこに立ったままだった。

「私にも加賀棒茶と、あと辻占を一つください」とフミが注文する。

よし。二郎は膝の上で拳を握った。ここまではとんとん拍子だ。店の奥を見ると、竹雄と一瞬目が合った。あいつはわかっている。作戦はきっとうまくいく。

すぐに女中が戻ってきた。手にした盆には、湯気の上がる湯呑(ゆのみ)が二つと小皿が一枚。小皿には赤い花を模した辻占が載っている。さっそくフミが辻占をつまんだ。

「キクちゃんみたいに、いい人が現れるってお告げでも出ないかしら」

辻占を割ると、なかから豆粒ほどに丸めた白い紙が顔を出した。

花びらのかけらを一つ頬張(ほおば)ったフミは、目を細めながら丸まった紙を広げ始めた。

二郎は唾を飲み込んだ。鼓動が少しずつ速くなっていく。

「ん？」フミの表情が硬くなった。「これ……どういう意味かな」

嫌な予感がした。

二郎は、「どれ見せてみろ」と手を出して、フミからおみくじの紙を受け取った。

はかり　こと　ようなし

その意味を悟り、二郎は思わず竹雄を見やった。

「はかりは秤(はかり)？　ことは箏(こと)って意味かな。ようなしって、なんだろう」

フミは眉を寄せて首をかしげている。

気づかれてはまずい。二郎は、「ようなしは……あれだ。洋梨(ようなし)のことじゃないか」と、とっさに思いついたことを口にした。

「うーん」フミは一応うなずくも納得しているようには見えない。

「今日のたけ屋は、混んでて落ち着かないし、もう出ようぜ」

二郎がそそくさと立ち上がると、フミもそうしようかといって席を立った。

店を出た二人に会話はなかった。どこか妙な空気が流れている。しばらくあてもなく歩を進めたが、フミがじゃあねといって離れていった。

二郎は、一人とぼとぼと歩いた。気持ちの整理がつかない。ため息をついて、ある家の格子窓に背中を預けた。宙を見上げると、ああと情けない声が出た。

おみくじには、期待したとおりのお告げが書いてあるはずだった。たとえば、〈まちびと　めのまえ〉とか、〈いいひと　ちかくに〉とか。つまり、二郎と結婚するのがよい、とほのめかす文章が――。

子供のころからフミが好きだった。しかし、一緒になろうの一言がいえなかった。フミが自分を男として見ていないのでは、ほかに好きな男でもいるんじゃないかという不安があったからだ。

面と向かうとどうもだめなんだ、頼む――。二郎がおみくじに細工をすることを思いついたのは、年末、竹雄が正月用に辻占作りをしているのを眺めていたときだった。女子供の菓子と見下していたが、口に含むと男の二郎も不思議と心が浮き立った。こんな気持ちを感じながら、おみくじでいいお告げでも出たら、フミもその気になるんじゃないか。正月、フミが辻占を頼んだら、いい言葉をおみくじに仕込んどいてくれ。

忙しそうな竹雄は、わかった、何か考えとくといって、菓子作りを続けていた。

新年早々、辻占で祈願成就――。二郎は、今日という日が待ち遠しかった。

ところが、だ。書いてあった言葉を思い出すと恥ずかしくて顔がほてる。

〈はかり　こと　ようなし〉読んですぐにその内容に気づいた。

計り事用無し。簡単にいうと、「たくらみは役に立たない」という内容だ。

竹雄め。あれだけ頼んだのに、俺の一世一代の計画を否定しやがって。

それにしても、あいつはなぜそんなことをしたのか？

沈んでいた心持ちがいつのまにか怒りに変わった。よおし、今から引き返して、なんであんなことを書いたのか、文句をいってやる。

きびすを返すと大股で竹雄の店に向かった。川沿いの通りからだと目立つので、一本わきに入って裏通りを進んだ。勝手口からそっと店に入って、竹雄を呼び出すつもりだった。

日の当たらない細い道を行くと店の裏の塀が見えてきた。木戸に手をかけようとして、塀の向こうから、「ねえ」と女の声がした。二郎は思わず手を止めた。

それはフミの声に似ていた。板の隙間（すきま）からなかをのぞくと、やはりフミだった。

どうしてフミがここに？　しかも竹雄と向き合っている。おまけに二人ともなんとなく顔が上気しているではないか。

まさか二人はできていたのか。だから、俺の頼みを竹雄ははねつけたのか。

いや、待て。なんかおかしいぞ。

よく見ると二人はしかめ面をしている。醸し出す空気も好き合っている者同士のものではない。じゃあ、どうしてフミはこんなところにいるのか。

二郎が疑問を感じていると、「もう、びっくりしたわよ」とフミがいった。

「計り事、用無しだなんて、こっちは、秤とか箏とか、それらしいことを口にして、気づかれないようにしたんだけど、ひやひやしたわ。二郎ちゃんは八百屋だから、洋梨とか果物を連想したみたいで、ほっとしたけど」

なんと。フミも紙に書かれたおみくじのお告げの意味に気づいていたのか。

「だけど、どうして、あんなことしたのよ。それを教えてよ」

「茶店で茶番なんて、やめてくれって意味だよ」

竹雄がぞんざいな声を出した。

「わかんない。どういうこと」

「辻占なんかに頼らなくても、お互いの気持ちは同じだってことよ」

えっ。出そうになった声とフミの声が重なった。

「おまえたち二人とも、同じことたくらみやがって」

同じたくらみ……。フミも？　ええええええ。

脳天に雷が落ちたような衝撃だった。同時にいろんなことが腑に落ちた。

たけ屋に行くのはいつものこととはいえ、フミは先に歩き出した。そして自ら辻占を頼んだ。おみくじの紙を広げたとき、顔がこわばっていた。なぜなら頼んだとおりのお告げの言葉が入っていなかったから。俺と同じことをフミもたくらんでいた――。

「昨日、フミから頼まれたときは、こっちも忙しくて簡単に安請け合いしたけどよ」

竹雄が唇を突き出して腕を組んだ。

「あとから考えたら、こんな策を弄する必要なんてねえと思ったんだ。お互い同じ気持ちなら、面と向かっていいえよ、こんな計画は中止にしろって伝えてやりたかった。だけど、こっちも店の準備が忙しくって暇がなかった。それで仕方なく、おみくじに伝言を書いて二人に読ませようと考えたんだ。こんなたくらみ、必要ねえぞって」

たしかに、用無しには、役に立たないだけじゃなく、必要なしという意味もあった。

「そうだったの」フミの顔がほころぶ。「二郎ちゃん、私のことを……」

「ほら、ぼさっとしてらんねえぞ」竹雄がぱんと手を叩く。

「じきにあいつも俺んところに文句をいいに来るだろうよ。だから、フミは何もなかったような顔して、店に入って茶でも飲んで待ってろ」

うん、と素直にこたえたフミは、竹雄に促されて勝手口の戸から店に入っていく。

竹雄もついていくのかと思いきや、立ち止まって急に振り向いた。

「おい、全部聞いてたんだろ。そこにいるのは、わかってんだよ」

ぎくりとした。竹雄が二郎のいるほうをにらみつけている。

「おまえは表から入ってこい。それでおまえの口から一緒になろうってはっきりいうんだ。そしたら、二人のためにあっつあつのぜんざいを出してやるからよ」

思わず「おう」とこたえた二郎は、背筋を伸ばして店の表に向かったのだった。

桜宮・幻のB級スイーツ「プーリン」誕生秘話　海堂尊

久々に藤原さんからお誘いがあったのは、「オミクロン株」という新型コロナの変異株による「第６波」が一段落して、少し放心していた五月のことだ。

藤原さんは昔、不定愁訴外来を手伝ってくれていた看護師兼秘書みたいな女性だ。コロナが流行り始めた頃に退職して、一念発起して桜宮の「蓮っ葉通り」に、友人と一緒に紅茶専門の喫茶店「スリジエ」を開いた。

ご厚意で特別会員にしてもらった俺は、紅茶は無料だ。だが無料だと却って遠慮してしまい、しばらく足が遠のいていた。そんな俺に藤原さんは言う。

「実は売り上げが芳しくないので、そろそろ店を畳もうかと思うんです」

コロナで飲食業や旅行業がダメージを受けた例は枚挙にいとまがない。原価率を考えず、美味しい料理を安く召し上がっていただきたい、という善良で崇高な気持ちを持った、地元の人から愛される良心的なお店から潰れていく。

コロナめ、本当に憎いヤツだ、と心中で罵りながらも、俺は焦った。

「私の特別会員券はお返しします。これからは、ちゃんと紅茶のお代も支払います。それと『スリジエ』が存続できるよう、私にできることは協力させていただきます」

「あらいやだ、田口先生ったら。あたしがお代を取り立てるために、先生をお呼び立てしたとお思いなんですか？　滅多に来ない田口先生から、今さら一杯分の紅茶代をいただいたところで、焼け石に水よ。これは、経営の構造的な問題なの」

するとその時、チリンチリン、とベルが鳴って、扉が開いた。

「ヘロウ、藤原さん。また来ちゃいましたあ」

げ、厚労省の白鳥技官だ。「火喰い鳥」というあだ名の由来は、ヤツが通り過ぎた後は焼け野原になり、ペンペン草も生えないのでついたとか。

だが、「また」ってどういうことだ?

藤原さんが声を潜めて言う。

「諸悪の根源はアレなのよ。桜宮に来る度に顔出ししてくれるのは嬉しいんだけど、やれ焼きうどんを作れだの、デザートをてんこもりにしろとか、要求がすごいの。白鳥さんがお代を払ってくれたら、まだ半年くらいは持つかもしれないわね」

アイツめ、こんな零細飲食店でツケで飲み食いしてるのか。聞き捨てならん。

俺は、勇気を奮い起こし、「スリジエ」の窮状を説明した。

すると白鳥技官は、あっさり言う。

「うん、それは知ってる。僕も、何とかしなきゃいけないな、と思っていたんだよ。だから今日は一発逆転の、いい話を持ってきたんだ」

そう言って白鳥技官が取り出したのは、一枚のチラシだった。

——**『桜宮スイーツ・ナンバーワンを決めよう』蓮っ葉通り商店街企画**

白鳥技官は得意げに、滔々と言う。

「『スリジエ』の致命的な弱点はスイーツの弱さだと思っていたんだ。そしたら今日、駅前で配ってたこのチラシを見て、いいこと思いついちゃったワケ。なんだと思う?」

「このコンテストに参加して、『スリジエ』の名を上げよう、とかですか」

「ブラボー！　今日の田口センセは冴えてるね」

この流れで他にどんなアイディアがあるというのだ。だが提案されたチラシに書かれた応募の締め切りはなんと三日後。ツッコミなど入れているヒマはない。

藤原さんは、目をキラキラさせて言う。

「白鳥さんの提案にしては、まともで素晴らしいわね。是非、挑戦したいわ」

「藤原さんならそう言うだろうと思って、僕はさっき三日間の桜宮への出張を申請して、許可をもらったんだ。二人で協力してこの店の売り物、『スリジエ団子』を開発して、桜宮の新たな名物にしようではありませんか」

「え?　団子の一択なの」と藤原さんは、不安そうな表情でちらりと俺を見た。

「白鳥さんが全面的に協力してくださるのはありがたいんですけど、白鳥さんは相当のグルメでしょう?　一般人の代表として田口先生にも手伝ってもらいたいわ」

うげ、協力するとは言ったけど、白鳥と一緒は勘弁してもらいたい。

けれども藤原さんに、すがりつくような目で見られたら、断れない。

俺はしぶしぶ三日間、退勤後にスリジエに日参することを約束した。

どうして俺ってヤツは、こんな風にドツボに嵌まってしまうんだろう。

「まあ、猫の手でもないよりマシかもね。こうなったら、このコンテストに勝つためのの『スリジエ・スイーツ・プロジェクト』、略称『SSP』と命名しよう。田口センセ、全面的な協力をよろしくね」

そう言われた俺はしかたなく、うなずいた。


翌日の夕方、喫茶「スリジエ」に、俺が顔を出すと、白鳥はすでに来ていた。

「まだ試作の目処もついてないんだけど、スイーツならプリンに挑戦したいの」

「どうでもいいけど、とにかく時間がないんだから、そこんとこ、よろしくね」

白鳥に念を押された藤原さんはうなずいた。

二日目の夕方、スリジエに行くと、藤原さんが神妙な顔をしていた。

「試作品は出来たけど、へんてこりんなものになってしまって」

そう言って白い皿の上に載せて出したのは、緑色のまん丸の物体だった。

「結局、団子にしたんじゃないか」と白鳥がブツブツ言う。

「それが団子じゃないのよ」と言われて、俺と白鳥はその試作品を口にした。

口に入れたら、くしゃっと潰れた。これは絶対にプリンではない。けれども団子でもない。中身は空っぽなのだから。あえて言えば、皮だけモナカ？　だが皮だけのモナカは、果たしてモナカと言えるのか？　そんな哲学的な自問自答をしている俺の横で、白鳥技官は口をもごもごさせながら言う。

「アボカドでクレープ生地を作り、たこ焼き器に薄く塗って焼いた薄皮を丸くしてみた、というところだろうね」

　藤原さんが、驚いたように目を見開く。

「なんでそんな組成までわかっちゃうんですか。本当は中に生クリームを入れようと思ったんですけど、すぐに壊れてしまって、うまくいかなかったんです」

「うーん、もう締め切りだし、これで行くしかないかな」

「これでトップが取れると思っているんですか？」と俺が思わず訊ねてしまう。

「少なくとも、これまでに類のない新食感のデザートだから話題にはなると思うよ」

　これではまるで八月三十一日に、大急ぎでこしらえた夏休みの宿題の工作みたいだ。

「そうだ、藤原さんはプリンにしたかったんだよね。この涼しい緑色の丸い物体は、遠目には風鈴に見えないこともない。そこで『風鈴』の『風』の字の右肩に、『℃』みたいな小さな丸をつけて、題して新世紀スイーツ『プーリン』と命名しよう。これなら桜宮市の話題を攫うこと間違いなしだよ」

　うーむ、話題になるかどうかはともかく、笑いものになることは確実と思われた。

　けれども開発に全力を使い果たした藤原さんは、白鳥案で妥協してしまった。

ところが当日は思わぬ神風が吹いた。なんと審査会場に、ウワサを聞きつけた東城(とうじょう)大病院(だいびょういん)の藤原さんの後輩看護師が大挙して押し寄せたのだ。

その結果、ぶっちぎりの一位を取ってしまった。

これに頭を抱えたのが、地元商店街の店主からなる、コンテストの審査委員会である。

彼らはニュートラルな立場で審査に臨もうとしたが、さすがにスイーツと呼べるかどうかもわからない、得体の知れない代物を、栄(は)えある桜宮ナンバーワンスイーツの初代にすることには抵抗があったようだ。

その気持ちは、俺にもよくわかる。

そこで彼らは、「プーリン」という未知のデザートであることを問題にして、審査の対象外だということにしてしまった。

この結果を聞いた藤原さんは、隣の俺にこっそり耳打ちした。

「実はほっとしてるの。アレって作るのがすごく大変なのよね」

そうだろうな、と俺は納得したが、話はここからおかしな方向に転がっていく。

このコンテストを取材していたのが、知り合いの時風新報(じふうしんぽう)文化部の別宮(べっく)記者だった。

審査の過程を取材していた彼女は、持ち前の正義感と義侠心(ぎきょうしん)を発揮し、コンテストの審査を公正にやらないと、時風新報に書きますよ、と圧力をかけたのだ。

これにすっかりあわてたのが、当の藤原さんである。

「別宮さん、あたしはいいの。お願いだからおおごとにしないで」

憮然とした別宮記者は、結局は見て見ぬふりをすることになった。

ところが世の中、何が起こるかわからない。

そんな舞台裏の騒動を漏れ聞いた桜宮市民は、「プーリン」を幻のグランプリとして、事実上のトップと認識してしまったのだ。

こうして実際にグランプリを取った店ではなく、「スリジエ」の「スリジエ団子」、もとい、「プーリン」を求めて、人々がスリジエに行列するようになった。

美味しいけれども簡単に手に入る一位のガトーショコラより、よくわからないけれども、滅多に食べられない幻のスイーツ「プーリン」の方に惹きつけられるのは、へそ曲がりで付和雷同的な大衆の、本能が成せる業なのだろう。

ところがここで更なる問題が起こった。なんと藤原さんは、「プーリン」を再現することができなかったのである。

確かに、たこ焼き器で作る、最中の皮みたいに薄くてすぐに壊れてしまう、風鈴みたいな食べ物なんて、安定して作れるはずがない。

苦吟した藤原さんは、「日替わりプーリン」と称して、クラシックタイプのプリンを出して誤魔化すことにした。

ただしさすがにプリンをそのまま出すのは気が引けたとみえて、中央にプリッツを立てて「プーリン」の音引きを表現した。

さて、そんなこんなで「スリジエ」を一度訪れた客は、その本格的な英国紅茶と、クラシックタイプのプリンのコンビネーションに魅せられて、リピーターになった。

こうして経営が傾きかけていた「スリジエ」の立て直しは見事に成功した。

そのスリジエには、ことある毎に白鳥技官が、以前と同じように我が物顔で立ち寄るようになったけれど、こうした経緯から、藤原さんも塩を撒くわけにもいかず、白鳥の無茶な要望に対応し続けていると、風のウワサに聞いた。

これが桜宮の幻のスイーツ、「プーリン」誕生秘話である。

G's talk　降田天

「ちっ、しけてんな」

無人の教室に舌打ちの音が響いた。机の中を覗きこんでいた潤子は、きついパーマをかけた髪をぶんと振って頭を起こした。潤子の机ではない。体育の授業で皆が出払っている隙に、おやつの一つでもかっぱらってやろうと考えたのだった。本当はたばこがいいのだが、このクラスの連中はおとなしくて、ついぞお目にかかったことがない。机の横に吊るされたリュックをまさぐり、腹立ちまぎれに蹴とばす。

「ひどくなーい？」

教室の後ろの入り口で声がして、女子生徒が入ってきた。チェックのプリーツスカートはこの学校の制服だが、見かけない顔だ。このクラスの生徒ではない。

「あ？」

「うわ、やば。ヤンキーじゃん」

「誰がヤンキーだ、コラ」

「マジで巻き舌でしゃべるんだ。てゆーか、スカート長すぎじゃない？」

そういう制服女のスカートは、下着が見えそうなほど短かった。ぶかぶかのカーディガンを着て、だるだるのルーズソックスをはいて、潤子よりもかなり明るい色の髪を長く伸ばしている。

「けっ、ギャルかよ。そっちこそ眉毛細すぎだろ、コラ」

「コラって言いすぎ、ウケる」

「ああ？　けんか売ってんのか、コラァ」

「また言った」

ギャルはだらけた足取りで窓際のいちばん前の机に近づき、中を覗きこんだ。潤子がまだ物色していない机だ。

「おい何やってんだ、てめえ、コラ」

「ないかー」

さっききまでの潤子と同じように今度はリュックをまさぐり、「お」とうれしそうな声を出す。バッグから出した手にはカップのゼリーがあった。

「ラッキー、ナタデココ入りじゃん。あ、ヤンキーちゃんもちょっと食べる？」

「そんな軟弱なもん食うかよ」

「軟弱？　けっこー歯ごたえあるよ」

「つーか、おまえ誰だよ。あたしのシマで勝手な真似してんじゃねえぞ、コラ」

「いいじゃん、隣のクラスなんだから。壁一枚だよ。あ、あたし、桃香」

桃香は遠慮するふうもなく、机に腰かけてナタデココゼリーを食べはじめる。

潤子が食ってかかろうとしたとき、新たに一人、教室に入ってくる者があった。名前は忘れたが、眼鏡をかけた顔に見覚えがある。このクラスの生徒だ。何か用事でもあったのか、遅れて登校してきた様子だった。席はたしか、窓際の前のほう。

　チェックのスラックスに包まれた足が、一歩踏み入ったところで止まる。眼鏡の生徒は、窓際のいちばん前の机に座ってゼリーを食べているギャルから慌てたように視線を逸らした。逸らしたままその後ろの席に直行すると、体操着とシューズを持ってそそくさと教室を出ていった。その間、約一分。桃香が「食べる？」とゼリーを差し出したが、けっして反応するまいと決めているようだった。教室の後方で突っ立っていた潤子のほうへは、首にギプスでも嵌めているかのごとく一度も顔を向けなかった。関わり合いになりたくないという気持ちを全身で表していた。

「アウトオブ眼中っすかー」

「このあたしにビビってんだろ」

「ビビらせたいんだ。夜露死苦とか喧嘩上等とかそういうカンジ？　ヤンキーって漢字好きだよねー。どうせ書くならハートマークとかのがよくない？」

「舐めてんのか、コラ。つーか敬語つかえよ。あたしのほうが年上だぞ、見りゃわかんだろうが。名前には『さん』付けろ。潤子さん、だ」

「えー、同じ高三っしょ。潤子」

「同じじゃねえ！　呼び捨てにすんな」

「あー、終わっちゃった」

潤子が凄もうとどこ吹く風で、桃香は空になったゼリーのカップを名残惜しそうに見た。「他に何かないかな」と、机から下りてさっきの眼鏡のリュックに手を突っこむ。

「あ、いいのあるじゃん。これなら軟弱じゃなくない？」

桃香が掲げてみせたのは、棒状のポテトスナックだった。人気があるらしく教室で手に入る率が高い。潤子の好物でもある。

「……言っとくけど、このシマで手に入るもんは全部あたしのもんだからな。こっちが恵んでやってるってこと、忘れんじゃねえぞ」

潤子は桃香に近づいてスナックを一本つまみ、たばこ代わりにくわえて床にしゃがみこんだ。開いた両膝に肘を乗せて背中を丸める定番スタイル。これで上目遣いににらみつければ、たいていのやつは恐れをなして逃げていく。しかし桃香は平気な顔で、また机に座って足をぶらぶらさせながら自分もスナックを口に運んだ。

「こういうの久しぶり。誰かと一緒におやつ食べるって」

「あたしはもともと群れたりしねえけどな」

「へえ、ヤンキーって集団で行動するもんだと思ってた」

「一匹狼が性に合ってんだよ」

「でもさ、狼って本来は群れで生活するよね。弱いやつが追い出されるんじゃん」

「え？」知らなかった。潤子は伸び上がってスナックを何本かわしづかみにすると、まとめて口に放りこんでばりばりとかみ砕いた。「関係ねえだろ、コラ」

「あたしはそれなんだよね」

「あ？」

「群れから追い出されたやつ」

潤子はどう答えていいかわからず、もう一度スナックで口の中をいっぱいにした。いきなり重そうな話してんじゃねえよ。

「……ふーん、見かけによらねえな」

「潤子も見かけほど怖くないよ」

「さん付けろって。つーか、ぶっとばしてやれよ。ひとりひとりタイマンで……」

「や、そういうんじゃないから。いじめとか深刻な話じゃないし。いちいちけんかするとかタルいし」

桃香は腰かけていた机から下り、歩き回って他の席を物色しはじめた。

「何があるかなー。あ、見たことないチョコ。このグミも。あとドリンクは、と」

たちまち両手がお菓子や飲み物でいっぱいになる。すでに潤子が探したはずの机からも次々に発掘するのを見て、やるなと密かに思う。元の机に戻ってきた桃香は、戦利品をすぐ後ろの机にどさっと広げた。さっきの眼鏡の生徒の席だ。

「もっと硬派なもんはねえのかよ」

「意味わかんないし」

ネイルできらきらした桃香の手がチョコレートの包装を開けると、ほのかに甘い香りが漂った。チョコといちごの香り。……まあ、これも悪くない。

ばりばり。ぽりぽり。ころころ。さくさく。

静かな教室が幸せな音で満たされる。音の合間、食べるついでに、どうでもいいような言葉をかわす。気がつけば、あれほどあったお菓子はもうほとんど残っていない。

チャイムが鳴って、制汗剤のにおいをまとった生徒たちが教室に帰ってきた。さっきの眼鏡の生徒も戻ってきたが、自分の席に近づくなり気味悪そうに顔をしかめる。

「あーやだ、このへん、嫌な感じする」

このへん、と目を向けたところには、潤子と桃香がいた。

「あ？　てめえ表出ろ、コラ」

「ちょームカつくんだけど」

二人は同時に言ったが、眼鏡はまったく反応しない。声も聞こえず姿も見えていないのだと、わかっていても頭にくる。

「くそっ、こっちが死んでなきゃこんなひ弱そうなやつ」

立ちあがり顔をくっつけるようにしてガンをつける潤子のそばで、眼鏡の連れが「霊感ある人はつらいね」と真に受けたふうもなく応じる。潤子たちの存在を見えないまでも感じ取っているのは眼鏡だけらしい。

「てめえらのおやつはあたしらが食ってやったかんな。ざまーみろ、コラ」

生徒の誰かが教室のごみ箱を覗けば、持ってきたはずのおやつが何者かに食べられてしまったことに気づくだろう。しかしまさか幽霊が犯人だとは思うまい。そもそも幽霊がものを食べられるとは、潤子も幽霊になるまで知らなかった。

「潤子さあ、それ、ヤンキーっていうより小学生じゃん」

「んだと？　つーか、ヤンキーじゃねえっつってんだろ」

「じゃあ何？」

「ツッパリだよ」

潤子は胸元に長く垂らした赤いスカーフを手で弾いてみせた。四十年近く前、潤子がこの高校に在籍していた当時の制服はセーラー服だった。今のブレザータイプに変わったのはいつからだったか。

「あー、ツッパリって聞いたことあるかも。今の子は知らないよね。あたしがいたのだって二十年以上前だし」

そういえばそのころは、ブレザーの代わりにだぶだぶのカーディガンを着るのがはやっていた気がする。今はさらに変わって、制服は男女ともにスラックスとスカートの選択制になった。

眼鏡の女子生徒のスラックスを一瞥して、潤子は再び床にしゃがみこんだ。

「でもよ、ガッコで死んだわけでもねえのに、なんであたしら元いた教室に憑いてんだろうな。おまえもそうだろ」

「結局、ここが世界のすべてだったってことじゃない？　しょぼすぎてウケる」

四十年ほどの間に、荒れていた学校は進学校へと変化を遂げた。制服も変わり、生徒数も変わり、かつての桃香の教室はコンピュータ関連の機材や教材を保管しておく場所になった。堂々とたばこを吸う生徒はもういない。ナタデココもはやらない。子猫を助けようとして車に轢かれたツッパリなんて誰も覚えちゃいない。

「二十年後もここにいんのかな」

「どうだろ。でもまあ、ここにいたらおやつには困んないっしょ。学校でおやつ食べる子はいなくならないだろうし」

「だな。なんか久々にこんなしゃべったわ」

「あたしも」

「また食いに来てもいいぞ。ただし敬語とさん付けは守れよ、コラ」

「りょ」

「若ぶんな！　しかもすでにちょっと古いわ」

本書は書き下ろしです。
この物語はフィクションです。作中に同一の名称があった場合も、
実在する人物、団体等とは一切関係ありません。

執筆者プロフィール一覧 ※五十音順

一色さゆり（いっしき・さゆり）

一九八八年、京都府生まれ。東京藝術大学芸術学科卒業ののち、香港中文大学大学院美術研究科修了。第十四回『このミステリーがすごい！』大賞・大賞を受賞し、『神の値段』（宝島社）にて二〇一六年にデビュー。他の著書に、『骨董探偵 馬酔木泉の事件ファイル』『絵に隠された記憶 熊沢アート心療所の謎解きカルテ』（以上、宝島社）、『ピカソになれない私たち』『コンサバター』シリーズ（以上、幻冬舎）、『飛石を渡れば』（淡交社）、『光をえがく人』（講談社）、『ジャポニスム謎調査　新聞社文化部旅するコンビ』（双葉社）がある。

井上ねこ（いのうえ・ねこ）

一九五二年、長野県岡谷市生まれ。中京大学法学部卒業。趣味は詰将棋創作で、詰将棋パラダイス半期賞、日めくり詰め将棋カレンダー山下賞を受賞。第十七回『このミステリーがすごい！』大賞・優秀賞を受賞し、二〇一九年に『盤上に死を描く』にてデビュー。他の著書に『花井おばあさんが解決！　ワケあり荘の事件簿』（以上、宝島社）がある。

海堂尊（かいどう・たける）

一九六一年、千葉県生まれ。千葉大学医学部卒、千葉大学大学院医学研究科博士課程修了。外科医、病理医を経て、

第四回『このミステリーがすごい！』大賞を受賞し、二〇〇六年に『チーム・バチスタの栄光』（宝島社）で作家デビュー。「桜宮サーガ」と呼ばれる同シリーズは三十三作、累計発行部数一〇〇〇万部を超える。他の著書に、「ポーラースター」シリーズ、『奏鳴曲　北里と鷗外』（以上、文藝春秋）など。最新刊は『コロナ漂流録』（宝島社）。ノンフィクションではオートプシー・イメージング（Ai＝死亡時画像診断）の社会導入を目指した『死因不明社会』『ゴーゴーAi』（以上、講談社）などがある。

伽古屋圭市（かこや・けいいち）

一九七二年、大阪府生まれ。第八回『このミステリーがすごい！』大賞・優秀賞を受賞し、『パチプロ・コード』（文庫化にあたり『パチンコと暗号の追跡ゲーム』に改題）にて二〇一〇年デビュー。他の著書に『21面相の暗号』『幻影館へようこそ　推理バトル・ロワイアル』『帝都探偵 謎解け乙女』『なないろ金平糖　いろりの事件帖』（以上、宝島社）、「かすがい食堂」シリーズ（小学館）などがある。

梶永正史（かじなが・まさし）

一九六九年、山口県長門市生まれ。東京都在住。コンピューターメーカーに勤務。第十二回『このミステリーがすごい！』大賞を受賞し、『警視庁捜査二課・郷間彩香　特命指揮官』（宝島社）で二〇一四年デビュー。同シリーズの他、著書に『組織犯罪対策課 白鷹雨音』（朝日新聞出版）、「銃の啼き声　潔癖刑事・田島慎吾」シリーズ（講談社）、『ドリフター』（双葉文庫）などがある。

柏てん（かしわ・てん）

一九八六年生まれ、茨城県出身。神奈川県在住。小説投稿サイト「小説家になろう」に投稿していた『乙女ゲームの悪役なんてどこかで聞いた話ですが』（アルファポリス）にて二〇一四年デビュー。代表作に「皇太后のお化粧係」シリーズ（角川ビーンズ文庫）、「妹に婚約者を譲れと言われました」シリーズ（カドカワＢＯＯＫＳ）、「京都伏見のあやかし甘味帖」シリーズ（宝島社文庫）などがある。

喜多南（きた・みなみ）

一九八〇年、愛知県生まれ。第二回『このライトノベルがすごい！』大賞・優秀賞を受賞し、『僕と姉妹と幽霊の約束』（このライトノベルがすごい！文庫）で二〇一一年にデビュー。同シリーズの他、著書に『絵本作家・百灯瀬七姫のおとぎ事件ノート』『八月のリピート　僕は何度でもあの曲を弾く』『きみがすべてを忘れる前に』（いずれも宝島社文庫）などがある。

黒崎リク（くろさき・りく）

長崎生まれ、宮崎育ちの九州人。第四回ネット小説大賞を受賞し、二〇一七年に『白いしっぽと私の日常』（ぽにきゃんＢＯＯＫＳ）でデビュー。第六回の同賞で、『帝都メルヒェン探偵録』（宝島社文庫）でグランプリを受賞。同作はミュージカルにもなった。他の著書に『呪禁師は陰陽師が嫌い　平安の都・妖異呪詛事件考』（宝島社）、『天方家女中のふしぎ暦』（ＰＨＰ文芸文庫）がある。

咲乃月音（さくの・つきね）

一九六七年、大阪府生まれ、プーケット在住。第三回日本ラブストーリー大賞・ニフティ／ココログ賞を受賞、『オカンの嫁入り』（※文庫化の際に『さくら色　オカンの嫁入り』に改題）にて二〇〇八年デビュー。他の著書に『ゆうやけ色　オカンの嫁入り・その後』『僕のダンナさん』『オカンと六ちゃん』『ジョニーのラブレター』（すべて宝島社）がある。

佐藤青南（さとう・せいなん）

一九七五年、長崎県生まれ。第九回『このミステリーがすごい！』大賞・優秀賞を受賞し、『ある少女にまつわる殺人の告白』にて二〇一一年デビュー。他の著書に「消防女子!!」シリーズ、「行動心理捜査官・楯岡絵麻」シリーズ、『嘘つきは殺人鬼の始まり　SNS採用調査員の事件ファイル』（以上、宝島社）、「お電話かわりました名探偵です」シリーズ（KADOKAWA）、「ストラングラー」シリーズ（角川春樹事務所）、「白バイガール」シリーズ、『犬を盗む』（ともに実業之日本社）などがある。

城山真一（しろやま・しんいち）

一九七二年、石川県生まれ。二〇一五年に『ブラック・ヴィーナス　投資の女神』で第十四回『このミステリーがすごい！』大賞を受賞。二〇二〇年に『看守の流儀』（宝島社）が未来屋小説大賞二位、本の雑誌「2020年度ミステリーベスト10」二位。二〇二二年に『ダブルバインド』（双葉社）が大藪春彦賞候補。他の著書に『仕掛ける』、『看守の信念』（以上、宝島社）、『国選ペテン師　千住庸介』（泰文堂）、『相続レストラン』（KADOKAWA）がある。

新川帆立（しんかわ・ほたて）

一九九一年生まれ。アメリカ合衆国テキサス州ダラス出身、宮崎県宮崎市育ち。東京大学法学部卒業後、弁護士として勤務。第十九回『このミステリーがすごい！』大賞を受賞し、二〇二一年に『元彼の遺言状』でデビュー。他の著書に『倒産続きの彼女』『剣持麗子のワンナイト推理』（以上、宝島社）、「競争の番人」シリーズ（講談社）、『先祖探偵』（角川春樹事務所）、『令和その他のレイワにおける健全な反逆に関する架空六法』（集英社）がある。

蝉川夏哉（せみかわ・なつや）

一九八三年生まれ、大阪府出身。小説投稿サイト「小説家になろう」に投稿していた『邪神に転生したら配下の真王軍がさっそく滅亡しそうなんだが、どうすればいいんだろうか』（アルファポリス）にて二〇一二年にデビュー。二〇一四年には『異世界居酒屋「のぶ」』が第二回「なろうコン大賞」に入賞。同シリーズは現在コミカライズ三本が連載中。また、二〇一八年にサンライズ制作でアニメ化され、二〇二〇年にＷＯＷＯＷにて実写ドラマ化された。

高橋由太（たかはし・ゆた）

一九七二年、千葉県生まれ。第八回『このミステリーがすごい！』大賞・隠し玉として、『もののけ本所深川事件帖　オサキ江戸へ』で二〇一〇年デビュー。他の著書に『神様の見習い　もののけ探偵社はじめました』『あなたの思い出紡ぎます　霧の向こうの裁縫店』（以上、宝島社）、「あやかし和菓子処かのこ庵」シリーズ（ＫＡＤＯＫＡＷＡ）、「ちびねこ亭の思い出ごはん」シリーズ（光文社）などがある。

辻堂ゆめ（つじどう・ゆめ）

一九九二年生まれ。神奈川県藤沢市辻堂出身。東京大学法学部卒業。第十三回『このミステリーがすごい！』大賞にて『いなくなった私へ』で優秀賞を受賞し、二〇一五年デビュー。ほかの著書に『コーイチは、高く飛んだ』『あなたのいない記憶』（以上、宝島社）、『悪女の品格』（東京創元社）、『僕と彼女の左手』『あの日の交換日記』（ともに中央公論新社）、「片想い探偵　追掛日菜子」シリーズ（幻冬舎文庫）、『卒業タイムリミット』（双葉社）、『答えは市役所3階に　2020心の相談室』（光文社）など多数。

塔山郁（とうやま・かおる）

一九六二年、千葉県生まれ。第七回『このミステリーがすごい！』大賞・優秀賞を受賞し、『毒殺魔の教室』にて二〇〇九年デビュー。他の著書に『悪霊の棲む部屋』『ターニング・ポイント』『人喰いの家』『F霊能捜査官・橘川七海』「薬剤師・毒島花織の名推理」シリーズ（すべて宝島社文庫）がある。

友井羊（ともい・ひつじ）

一九八一年、群馬県生まれ。第十回『このミステリーがすごい！』大賞・優秀賞を受賞、『僕はお父さんを訴えます』にて二〇一二年デビュー。他の著書に『ボランティアバスで行こう！』「スープ屋しずくの謎解き朝ごはん」シリーズ（以上、宝島社）、「さえこ照ラス」シリーズ（光文社）、『向日葵ちゃん追跡する』（新潮社）、『スイーツレシピで謎解きを』『放課後レシピで謎解きを』（集英社）、『無実の君が裁かれる理由』（祥伝社文庫）などがある。

南原詠（なんばら・えい）

一九八〇年生まれ、東京都目黒区出身。東京工業大学大学院修士課程修了。元エンジニア。現在は企業内弁理士として勤務。第二十回『このミステリーがすごい！』大賞・大賞を受賞し、二〇二二年に『特許やぶりの女王　弁理士・大鳳未来』にてデビュー。他の著書に『ストロベリー戦争　弁理士・大鳳未来』（以上、宝島社）がある。

林由美子（はやし・ゆみこ）

一九七二年、愛知県生まれ。第三回日本ラブストーリー大賞・審査員特別賞を受賞、『化粧坂』にて二〇〇九年デビュー。他の著書に『揺れる』『堕ちる』『逃げる』（すべて宝島社）がある。

柊サナカ（ひいらぎ・さなか）

一九七四年、香川県生まれ。第十一回『このミステリーがすごい！』大賞・隠し玉として、『婚活島戦記』にて二〇一三年デビュー。他の著書に『人生写真館の奇跡』『古着屋・黒猫亭のつれづれ着物事件帖』「谷中レトロカメラ店の謎日和」シリーズ（以上、宝島社）、「機械式時計王子」シリーズ（角川春樹事務所）、「二丁目のガンスミス」シリーズ（ホビージャパン）、「天国からの宅配便」シリーズ（双葉社）、『お銀ちゃんの明治舶来たべもの帖』（PHP研究所）などがある。

降田天（ふるた・てん）

鮎川颯と萩野瑛の二人からなる作家ユニット。第十三回『このミステリーがすごい！』大賞を受賞し、『女王はかえらない』（宝島社）で二〇一五年にデビュー。他の著書に『匿名交叉』（文庫化に際して『彼女はもどらない』に改題）、『すみれ屋敷の罪人』（以上、宝島社）、『偽りの春 神倉駅前交番 狩野雷太の推理』（KADOKAWA、表題作「偽りの春」で第七十一回日本推理作家協会賞短編部門を受賞）、『さんず』（小学館）、『事件は終わった』（集英社）などがある。

森川楓子（もりかわ・ふうこ）

一九六六年、東京都生まれ。第六回『このミステリーがすごい！』大賞・隠し玉として『林檎と蛇のゲーム』にて二〇〇八年デビュー。他の著書に『国芳猫草紙　おひなとおこま』（以上、宝島社）がある。別名義でも活動中。

八木圭一（やぎ・けいいち）

一九七九年、北海道十勝生まれ。横浜国立大学経済学部国際経済学科卒業。雑誌編集者、コピーライターを経て、二〇二三年現在はIT企業のUXライター。第十二回『このミステリーがすごい！』大賞・大賞を受賞し、『一千兆円の身代金』にて二〇一四年にデビュー。他の著書に『警察庁最重要案件指定　靖國爆破を阻止せよ――』（以上、宝島社）、「手がかりは一皿の中に」シリーズ（集英社）などがある。

柳瀬みちる（やなせ・みちる）

東京都生まれ。第一回角川文庫キャラクター小説大賞・大賞を受賞し、『樫乃木美大の奇妙な住人 長原あざみ、最初の事件』で二〇一六年にデビュー。他の著書に『神保町・喫茶ソウセキ文豪カレーの謎解きレシピ』（宝島社文庫）、『樫乃木美大の奇妙な住人 白の名画は家出する』『横浜元町コレクターズ・カフェ』『明日、君が花と散っても』（すべて角川文庫）がある。

山本巧次（やまもと・こうじ）

一九六〇年、和歌山県生まれ。中央大学法学部卒業。第十三回『このミステリーがすごい！』大賞・隠し玉として、『大江戸科学捜査 八丁堀のおゆう』（宝島社）で二〇一五年デビュー。他の著書に「開化鐵道探偵」シリーズ（東京創元社）、『阪堺電車177号の追憶』（早川書房）、『途中下車はできません』「まやかしうらない処」シリーズ（小学館）、『希望と殺意はレールに乗って アメかぶ探偵の事件簿』（講談社）、『早房希美の謎解き急行』（双葉社）、「入舟長屋のおみわ」シリーズ（幻冬舎）、『鷹の城』（光文社）など多数。

宝島社
文庫

3分で読める！　ティータイムに読むおやつの物語
（さんぷんでよめる！　てぃーたいむによむおやつのものがたり）

2023年4月20日　第1刷発行

編　者　『このミステリーがすごい！』編集部
発行人　蓮見清一
発行所　株式会社 宝島社
〒102-8388　東京都千代田区一番町25番地
電話：営業 03(3234)4621／編集 03(3239)0599
https://tkj.jp
印刷・製本　中央精版印刷株式会社

ISBN 978-4-299-04004-6

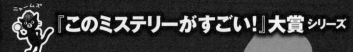

『このミステリーがすごい!』大賞 シリーズ

《第21回 大賞》

名探偵のままでいて

小西(こにし)マサテル

かつて小学校の校長だった切れ者の祖父は現在、幻視や記憶障害を伴うレビー小体型認知症を患っている。しかし、孫娘の楓が身の回りで生じた謎について話して聞かせると、祖父の知性は生き生きと働きを取り戻すのだった! そんななか、楓の人生に関わる重大な事件が……。

定価 1540円(税込)[四六判]